悪《あく》ノ物語《ものがたり》

黄昏《たそがれ》の悪魔《あくま》と偽物《にせもの》の女王《じょおう》

mothy_《モッチー》 悪ノ《あくの》 P《ピー》／著
柚希《ゆずき》きひろ、△○□×（みわしいば）／イラスト

JN202361

PHP
ジュニアノベル

イツキ

読書好《どくしょず》きの小学五年生《しょうがくごねんせい》。伯父《おじ》が管理《かんり》する「秘密《ひみつ》の書庫《しょこ》」で出会《であ》った紙《かみ》の悪魔《あくま》・マリーと「けいやく」した過去《かこ》を持《も》つ。母《はは》・キョウコには、紙《かみ》の悪魔《あくま》たちとの事《じ》件《けん》を秘密《ひみつ》にしていたけど……。

マリー

見《み》た目《め》はハムスターだけど、実《じつ》は「紙《かみ》の悪魔《あくま》」。イツキの伯父《おじ》・マサキの手《て》によって、秘密《ひみつ》の書《しょ》庫《こ》に封印《ふういん》されていた。過去《かこ》については謎《なぞ》が多《おお》いが、とんでもなく長生《ながい》きをしているようだ。

紙《かみ》の悪《あく》魔《ま》

紙《かみ》の体《からだ》を持《も》つ悪魔《あくま》。本《ほん》やお札《ふだ》といった「紙《かみ》」への変化《へんか》はもちろん、ハムスターやサメ、ヤギやブタなど、自身《じしん》の特性《とくせい》にあわせた紙《かみ》の動物《どうぶつ》の姿《すがた》にも変化《へんか》できる。紙《かみ》の悪魔《あくま》と「けいやく」すると、紙《かみ》を傷《きず》つけたり、燃《も》やしたりできなくなる「のろい」がかけられてしまううえ、いずれ、「冥界《めいかい》の主《あるじ》」の裁《さば》きを受《う》けることになる。「けいやく」を解除《かいじょ》するには、秘密《ひみつ》の書《しょ》庫《こ》に収《おさ》められた「物語《ものがたり》」の続《つづ》きを書《か》き、五体《ごたい》の悪魔《あくま》に「物語《ものがたり》」を認《みと》めてもらう必要《ひつよう》がある。

ツグミ

陰陽師《おんみょうじ》の血《ち》を引《ひ》く、小学六年生《しょうがくろくねんせい》。式神《しきがみ》のオオカミ・トモゾウを連《つ》れている。イツキが紙《かみ》の悪魔《あくま》と「けいやく」してしまい困《こま》っていた時《とき》に助《たす》けてくれた。美少女《びしょうじょ》。

マサキ

イツキの伯父《おじ》で、ハルトの父親《ちちおや》。マンションを経営《けいえい》していて、一階《いっかい》は書庫《しょこ》に改造《かいぞう》している。「秘密《ひみつ》の書庫《しょこ》」、つまり「紙《かみ》の悪魔《あくま》」たちの管理者《かんりしゃ》でもある。男手一《おとこでひと》つでハルトを育《そだ》てている。

ハルト

ゲームやネットに詳《くわ》しいイツキの従兄弟《いとこ》。学校《がっこう》ではイツキと同《おな》じクラス。サッカーが得意《とくい》。父《ちち》・マサキと、母《はは》・カヨコは悪魔《あくま》に詳《くわ》しかったが、ハルト自身《じしん》は何《なに》も見《み》えないようだ。

目次《もくじ》

AKU NO MONOGATARI
TASOGARE NO AKUMA TO NISEMONO NO JOOU

夏休《なつやす》みのある日《ひ》、ぼく・イツキは伯父《おじ》さんが管理《かんり》するマンションの一室《いっしつ》——「秘密《ひみつ》の書庫《しょこ》」で、紙《かみ》の悪魔《あくま》・マリーと「けいやく」してしまったんだ。けいやく者《しゃ》には、「冥界《めいかい》の主《あるじ》」の裁《さば》きが待《ま》っている……そのことを知《し》ったぼくは、従兄弟《いとこ》のハルト、陰陽師《おんみょうじ》の血《ち》を引《ひ》くツグミにも協力《きょうりょく》してもらって、なんとか「けいやく」解除《かいじょ》に成功《せいこう》！

二学期《にがっき》が始《はじ》まり、ハルトと同《おな》じクラスに転入《てんにゅう》したぼくは、学校生活《がっこうせいかつ》が忙《いそが》しくて「秘密《ひみつ》の書庫《しょこ》」から足《あし》が遠《とお》のいていたんだけど……。

1話《わ》

自分《じぶん》と他《ほか》の人《ひと》では、見《み》えている景色《けしき》がちがう。

そんなことだってあるかもしれない。

世界《せかい》——いやもっと小《ちい》さく、たとえば自分《じぶん》の住《す》む町《まち》を基準《きじゅん》に考《かんが》えてみよう。

その方《ほう》がより実感《じっかん》がわきやすいというものだ。


今《いま》は自転車《じてんしゃ》で大通《おおどお》りを走《はし》っている最中《さいちゅう》。

天気《てんき》は良《よ》く、風《かぜ》もほとんど吹《ふ》いていない。

通学時間《つうがくじかん》はもう過《す》ぎているので、通《とお》りを歩《ある》く人《ひと》の数《かず》は多《おお》くない。

パチンコ屋《や》の前《まえ》で何人《なんにん》か並《なら》んでいるのが見《み》えたが、まあそれくらいだ。

しばらく進《すす》むと、向《む》かいにコンビニがある小《ちい》さな公園《こうえん》の前《まえ》にさしかかる。

そこでは三《さん》、四歳《よんさい》くらいの男児《だんじ》と、その母親《ははおや》らしき女性《じょせい》が砂場《すなば》で遊《あそ》んでいるのが見《み》えた。

——それを見《み》て、何《なに》を思《おも》うか。

単《たん》に楽《たの》しそうだな、と感《かん》じるだけかもしれない。

あるいは、自分《じぶん》にもあんな時《とき》があったな、と懐《なつ》かしい気持《きも》ちになる人《ひと》もいるだろう。

その「懐《なつ》かしい」も、男児《だんじ》の方《ほう》と母親《ははおや》の方《ほう》、どちらに昔《むかし》の自分《じぶん》をあてはめるかは、人《ひと》によってちがうんじゃないだろうか。

それから「懐《なつ》かしい」気持《きも》ちをたいていの人《ひと》は良《よ》いものとしてとらえるだろうが、逆《ぎゃく》の場合《ばあい》もあるかもしれない。

「昔《むかし》は良《よ》かった。だけど今《いま》は……」なんて暗《くら》い気持《きも》ちになってしまう——そんなパターンだって、ないとは言《い》えないのだ。


ともあれ、この町《まち》は平和《へいわ》だ。

少《すく》なくとも、目《め》の前《まえ》のこの景色《けしき》を見《み》ている限《かぎ》りでは。


だけど、そういう風《ふう》には見《み》えていない人《ひと》も、いるかもしれない。

最近《さいきん》、この公園《こうえん》の前《まえ》の横断歩道《おうだんほどう》で人《ひと》がバイクにはねられたそうだ。

幸《さいわ》いにも命《いのち》に別状《べつじょう》はなかったようだが。

多《おお》くの人《ひと》は、それを単《たん》なる事故《じこ》だったと思《おも》っているだろう。

ひったくりによる犯行《はんこう》だったということは、もう少《すこ》し事情《じじょう》に詳《くわ》しい人《ひと》なら知《し》っている。

しかし、こう考《かんが》える人《ひと》は少《すく》ないだろう。

「あれは、『悪魔《あくま》』によって引《ひ》き起《お》こされた出来事《できごと》だったのだ」——と。

——そんなことを考《かんが》えながら自転車《じてんしゃ》を走《はし》らせていたキョウコは、やがて壁《かべ》の白《しろ》い古風《こふう》なマンションの前《まえ》で足《あし》を止《と》め、自転車《じてんしゃ》から降《お》りた。

キョウコの兄《あに》・マサキが所有《しょゆう》しているマンションだ。彼女《かのじょ》とその家族《かぞく》も、二《に》カ月前《げつまえ》までここで暮《く》らしていた。

入《い》り口《ぐち》を通《とお》り抜《ぬ》け、右《みぎ》に曲《ま》がってすぐのところにある管理人室《かんりにんしつ》のドアをノックする。

「どうぞ」

ドアを開《あ》けると、中《なか》にいたマサキが椅子《いす》に座《すわ》るようにうながしてきた。

「さて……じゃあ始《はじ》めようか。履歴書《りれきしょ》は持《も》って来《き》たね？」

「ええ」

キョウコは黒《くろ》い手提《てさ》げカバンから履歴書《りれきしょ》を取《と》り出《だ》し、マサキに渡《わた》す。

「こんな風《ふう》にかしこまる必要《ひつよう》もないんじゃない？」

そう言《い》ったあと、キョウコは少《すこ》し口《くち》を尖《とが》らせたが、それに対《たい》してマサキは平然《へいぜん》と「一応《いちおう》、面接《めんせつ》だからね」と答《こた》え、履歴書《りれきしょ》に目《め》を通《とお》しはじめた。

「——遠藤《えんどう》キョウコ。三十四歳《さんじゅうよんさい》。住所《じゅうしょ》は鶴黄市《つるきし》の……ここからは少《すこ》し遠《とお》いね」

「全部《ぜんぶ》、知《し》っていることでしょうに」

「まああ。で、ちゃんと通《かよ》える？」

「自転車《じてんしゃ》なら十分《じっぷん》もかからない距離《きょり》よ。問題《もんだい》ないわ」

「新居《しんきょ》は快適《かいてき》かい？」

小学五年生《しょうがくごねんせい》になる息子《むすこ》の夏休《なつやす》みの間《あいだ》だけ、このマンションを借《か》りた。

その後《ご》、無事《ぶじ》に完成《かんせい》した新居《しんきょ》へと、遠藤一家《えんどういっか》は引《ひ》っ越《こ》したのだ。

「おかげさまで。夫《おっと》も通勤時間《つうきんじかん》が短《みじか》くなって良《よ》かったって嬉《うれ》しそうに言《い》ってたわ」

「イツキくんは？」

キョウコの息子《むすこ》の名前《なまえ》だ。マサキにとっては甥《おい》っこにあたる。

「あの子《こ》も……今《いま》のところ、新《あたら》しい学校《がっこう》では問題《もんだい》なくやっているみたい」

少《すこ》し複雑《ふくざつ》な顔《かお》をしながら、キョウコは答《こた》えた。

「そうかい」

キョウコの表情《ひょうじょう》が意味《いみ》するところを、マサキも理解《りかい》している様子《ようす》だった。

しばらくの間《あいだ》、二人《ふたり》の間《あいだ》に沈黙《ちんもく》が流《なが》れた。

「……ハルトくんには、感謝《かんしゃ》しているわ」

「ああ、同《おな》じクラスになったんだってね」

マサキの息子《むすこ》であるハルト。

イツキとハルトは夏休《なつやす》みの間《あいだ》にずいぶんと仲良《なかよ》くなったようだ。

「ええ。おかげでイツキもすんなりとクラスになじめたみたい」

「あいつとイツキくんじゃあ、趣味《しゅみ》も遊《あそ》びも合《あ》わないだろうに」

「それでも、誰《だれ》も知《し》り合《あ》いがいないよりかはずっとましよ。それに案外《あんがい》あの二人《ふたり》、気《き》が合《あ》っているみたいよ」

「それならいいがな……ハルトにとっても、イツキくんにとっても」

仕事《しごと》の面接《めんせつ》にしては、ずいぶんと話《はなし》が脱線《だっせん》してきている。

そのことをキョウコが指摘《してき》すると、マサキは小《ちい》さく笑《わら》った。

「ハハ、それもそうだな。では本題《ほんだい》に戻《もど》ろう。——あらかじめ話《はな》していた通《とお》りキョウコにはこのマンションの管理人《かんりにん》を頼《たの》みたい。期間《きかん》はあさってから二週間《にしゅうかん》。時給《じきゅう》は850円《えん》だ」

もはや採用《さいよう》が決《き》まったような口《くち》ぶり。

元々《もともと》、この面接自体《めんせつじたい》が形式的《けいしきてき》なものに過《す》ぎないことがわかる。

「本音《ほんね》を言《い》えば、もう少《すこ》し時給《じきゅう》をあげてもらいたいところだけどね……」

キョウコは小《ちい》さくため息《いき》をつく。

「まあそう言《い》うなよ。管理人《かんりにん》っていったって楽《らく》なもんだぜ。住人《じゅうにん》もあいかわらず少《すく》ないしな」

「まあ、家計《かけい》の足《た》しくらいにはなるかしらね」

「そういうこと。おれとしても留守《るす》の間《あいだ》、身内《みうち》がここの管理人《かんりにん》をしてくれていた方《ほう》が安心《あんしん》できる」

「そうね。その点《てん》では兄《にい》さんに感謝《かんしゃ》しているわ。マンションの部屋《へや》をただで貸《か》してくれたり、この仕事《しごと》の件《けん》も。お金《かね》は必要《ひつよう》——」

そこでキョウコは、急《きゅう》に言葉《ことば》を止《と》めた。

「どうした?」

「——お金《かね》の話《はなし》で思《おも》い出《だ》したの」

キョウコはマサキをにらみつけた。

「兄《にい》さんに文句《もんく》を言《い》わなきゃいけないことがあったって」

「ほう、それはなんだい？」

とぼけた口調《くちょう》だったが、マサキの顔《かお》は確実《かくじつ》に気《き》まずそうなものになっていた。

「兄《にい》さん――イツキを『書《か》き手《て》』にしたわね」

「……ばれていたのか」

マサキは右手《みぎて》で目《め》をおおった。

「イツキくんがお前《まえ》に話《はな》したのか？」

「いいえ、あの子《こ》は何《なに》も。でもね……私《わたし》が気《き》づかないとでも思《おも》った？」

「お前《まえ》は昔《むかし》からそうだな。察《さっ》しがいいというかなんというか――どこまで知《し》っている？」

「大方《おおかた》、全部《ぜんぶ》よ。イツキがマリーと『けいやく』したこと。それからセイラムが書庫《しょこ》から持《も》

ち出《だ》されて、ひと騒動起《そうどうお》こしたことも。あとは――」

キョウコは言葉《ことば》を続《つづ》けようとしたが、それをマサキがさえぎった。

「――ちょっと待《ま》て。いくらなんでも詳《くわ》しすぎるな」

「……」

「イツキくんが話《はな》したんじゃないとすれば、誰《だれ》がお前《まえ》にそれを教《おし》えた？」

「……」

今度《こんど》はキョウコが気《き》まずそうな顔《かお》になり、マサキから目《め》をそらした。

「……そうか。答《こた》えたくないならそれでいい。だが……お前《まえ》のその表情《ひょうじょう》を見《み》て、大体察《だいたいさっ》しはついた」

「言《い》っておくけど、ハルトくんが告《つ》げ口《ぐち》したわけじゃないわよ」

「——そんなことはわかっている」

マサキはわずかに語気《ごき》を強《つよ》めた。

彼《かれ》が不機嫌《ふきげん》なのは、表情《ひょうじょう》からも明《あき》らかだった。

だが、負《ま》けじとキョウコも言《い》い返《かえ》す。

「何《なに》？　何《なに》か不満《ふまん》？　怒《おこ》りたいのはこっちの方《ほう》なんだけど」

「こう言《い》っちゃなんだが、お前《まえ》は自分《じぶん》の子供《こども》の教育《きょういく》をしっかりすべきなんじゃないか？　立《た》ち入《い》り禁止《きんし》の場所《ばしょ》に無断《むだん》で入《はい》ったのはイツキくんだ。それさえなければ、ことは起《お》きなかった」

「どうだか。兄《にい》さんがそうなるように仕向《しむ》けたんじゃないの？」

「言《い》いがかりだ」

マサキはそう否定《ひてい》したが、じっとにらみ続《つづ》けるキョウコを見《み》て観念《かんねん》したのか、正直《しょうじき》に白状《はくじょう》した。

「……しょうがなかったんだ。ハルトは本《ほん》に興味《きょうみ》がない。他《ほか》になり手《て》が——」

「人《ひと》の息子《むすこ》を危険《きけん》な目《め》にあわせておいて！」

キョウコがこぶしを、自分《じぶん》のひざの上《うえ》にふり下《お》ろした。

「……イツキくんがビルから落《お》ちたことか。それについては謝《あやま》る。間口《まぐち》とセイラムの件《けん》については、おれも想定外《そうていがい》だったんだ」

「『悪魔《あくま》』との『けいやく』は不幸《ふこう》をもたらす……それは兄《にい》さんだって知《し》っていたでしょうに。そこまでして、イツキを『書《か》き手《て》』にした理由《りゆう》はなんなの？」

「そんなもの――一《ひと》つしかないだろう」

マサキは真剣《しんけん》な表情《ひょうじょう》で、こう答《こた》えた。

「――『逢魔《おうま》が時《とき》』」

「……それはもう、あの時《とき》に終《お》わったはずよ」

「そうだな。だが、時《とき》は巡《めぐ》る。二十年《にじゅうねん》を経《へ》て、この町《まち》に再《ふたた》び現《あらわ》れたんだよ、『奴《やつ》ら』がな」

ある程度《ていど》の覚悟《かくご》はしていた。

マサキが軽《かる》い気持《きも》ちで悪魔《あくま》とイツキを関《かか》わらせるような人間《にんげん》でないことを、キョウコは知《し》っている。

「……イツキには、そのことを――」

マサキは首《くび》を横《よこ》にふった。

「まだ話《はな》していない。いきなり全《すべ》てを話《はな》しても、理解《りかい》しきれないだろうしな」

「そりゃそうよ。あの子《こ》には……荷《に》が重《おも》すぎるわ」

「そうだろうか？」

「イツキはたしかに読書好《どくしょず》きよ。でも、作家《さっか》になろうとまで考《かんが》えているわけじゃない。あの時《とき》の兄《にい》さんとはちがうし、何《なに》よりまだ幼《おさな》いわ」

「高校生《こうこうせい》と小学生《しょうがくせい》で、大《おお》きな差《さ》なんてないさ」

「それは兄《にい》さんが、子供《こども》の時《とき》から大人《おとな》びていただけよ」

「イツキくんだって、ずいぶんとしっかりしているようにおれには見《み》える。……大丈夫《だいじょうぶ》だって」

マサキはキョウコの肩《かた》を軽《かる》く叩《たた》いた。

「おれもできるだけのサポートはする。それに……日々野家《ひびのけ》のおじょうさんも、イツキくんの友達《ともだち》になったみたいだしな」

「陰陽師《おんみょうじ》の血《ち》なんて、今《いま》さらあてにできないわよ」

「ハルトだっている。頼《たよ》りになるかはわからんが。何《なに》もイツキくん一人《ひとり》に背負《せお》わせようってわけじゃないんだ。彼《かれ》にもまた、仲間《なかま》がいる。昔《むかし》のおれと同《おな》じように」

「仲間《なかま》、ねえ……」

そう言《い》ったあと、キョウコは少《すこ》しうつむいた。

「そうなってくれればいいけど」

「不安《ふあん》か？」

「……あの子《こ》が転校《てんこう》することになった理由《りゆう》、知《し》ってるでしょ？　……まあいいわ」

キョウコは顔《かお》をあげた。

「で、どうなの？　面接《めんせつ》の結果《けっか》は」

「急《きゅう》にそっちの話《はなし》に戻《もど》るのか」

「兄《にい》さんの様子《ようす》からすると、まだ『逢魔《おうま》が時《とき》』が本格的《ほんかくてき》に起《お》こりはじめたってわけじゃないんでしょ？」

「まあな。正直《しょうじき》に言《い》うと、まだその予感《よかん》を察知《さっち》したに過《す》ぎないところなんだ。具体的《ぐたいてき》に何《なに》かが起《お》きたわけでもないし、『奴《やつ》ら』の動《うご》きもつかめていない」

「なら、今《いま》は現実的《げんじつてき》な話《はなし》をしましょうよ」

「そうだな。じゃあ――」

マサキは軽《かる》く咳払《せきばら》いをした。

「――まあ、採用《さいよう》ということで」

「そりゃ、どうも」

マサキはホチキスで留《と》められた、数枚《すうまい》の紙束《かみたば》をキョウコに手渡《てわた》した。

「あさってまでに読《よ》んでおいてくれ。仕事《しごと》のマニュアルだ」

「わかったわ」

紙束《かみたば》をカバンに押《お》し込《こ》み、キョウコは立《た》ち上《あ》がった。

「兄《にい》さんも――旅行《りょこう》、楽《たの》しんできてね」

「……ああ」

今《いま》の話《はなし》を聞《き》いた以上《いじょう》、それが単《たん》なる遊《あそ》びの旅行《りょこう》でないことは大体《だいたい》、想像《そうぞう》がつく。

それでもキョウコはそう告《つ》げ、マンションを後《あと》にした。

2話《わ》

給食《きゅうしょく》を食《た》べ終《お》わったイツキは、食器《しょっき》をのせたトレーを持《も》って席《せき》から立《た》ち上《あ》がると、そのまま配《はい》膳台《ぜんだい》の方《ほう》へと向《む》かった。

先《さき》に食《た》べ終《お》えた人《ひと》たちの食器《しょっき》が、すでに配膳台《はいぜんだい》の端《はし》に重《かさ》ねられている。

その上《うえ》に自分《じぶん》の食器《しょっき》を置《お》いていると、背後《はいご》から同級生《どうきゅうせい》の穴井《あない》ミツグが声《こえ》をかけてきた。

「なあ、イツキ。昼休《ひるやす》みはどうする？」

「ああ、ええと——」

「予定《よてい》がないならおれたちのチームに入《はい》れよ。今日《きょう》は二組《にくみ》の連中《れんちゅう》と試合《しあい》だ」

なんの試合《しあい》かは聞《き》くまでもない。

おそらくよく彼《かれ》が中心《ちゅうしん》となって昼休《ひるやす》みにやっているサッカーのことだろう。

イツキがすぐに答《こた》えられないでいると、今度《こんど》はトレーを持《も》ったハルトが二人《ふたり》の前《まえ》に現《あらわ》れた。

「悪《わる》いな、イツキはおれと先《さき》に約束《やくそく》してるから」

そう言《い》いながらハルトは食器《しょっき》を配膳台《はいぜんだい》に置《お》く。

実際《じっさい》にはそんな約束《やくそく》をした覚《おぼ》えは、イツキにはなかった。
しかしミツグは、
「あっそう。じゃあ他《ほか》を探《さが》すわ」

と、あっさりと引《ひ》き下《さ》がり、その場《ば》を離《はな》れて別《べつ》の男子《だんし》に声《こえ》をかけはじめた。

「おおい、カケル――」

その様子《ようす》をながめながら、ハルトがイッキにぼそりと言《い》う。

「嫌《いや》なら、そうはっきりと言《い》った方《ほう》がいいぞ」

「別《べつ》にそういうわけじゃ――」

「表情《ひょうじょう》を見《み》れば誰《だれ》だってわかる。ミツグだって多分《たぶん》、気《き》がついてたと思《おも》うぜ」

だから空気《くうき》を読《よ》んで、すぐにあきらめたというわけか。

ここでイッキに、ある疑問《ぎもん》がわく。

「……ハルトは参加《さんか》しないの？　サッカー」

イッキが誘《さそ》われているのに、サッカー部《ぶ》であるハルトが声《こえ》をかけられていないのもおかしな話《はなし》だ。

ハルトは首《くび》をふりながら、こう答《こた》えた。

「おれは他《ほか》の連中《れんちゅう》とはレベルがちがうからな。本気《ほんき》を出《だ》すとみんな、冷《さ》めちまうんだ」

「なるほどね」

「おれさえいなけりゃ、ミツグがクラスで一番《いちばん》上手《うま》い。だから目立《めだ》ちたがりのあいつは、あえておれを誘《さそ》ったりはしないのさ」

「それでいいの？　ハルトは」

「ああ。クラスの奴《やつ》らとする遊《あそ》びのサッカーじゃ練習《れんしゅう》にもならないし、昼休《ひるやす》みくらいサッカー以《い》外《がい》のことをしたいしな」

サッカーが好《す》きなのか嫌《きら》いなのか、よくわからない言葉《ことば》だ。

では、ハルトが昼休《ひるやす》みにしたい「サッカー以外《いがい》のこと」とは、なんなのだろうか？

彼《かれ》はポケットから小《ちい》さな箱《はこ》を取《と》り出《だ》し、イツキに見《み》せてきた。

中心《ちゅうしん》にコウモリっぽいマークが描《えが》かれた、真《ま》っ黒《くろ》な箱《はこ》だ。

「というわけで、今日《きょう》はこれでおれたちと遊《あそ》ぼうぜ」

「それは？」

ハルトが箱《はこ》を開《あ》ける。

すると、中《なか》にはカードの束《たば》が入《はい》っていた。

「『マスター・オブ・ザ・デーモン』だ」

名前《なまえ》だけなら、イツキも知《し》っている。

「トレーディングカードゲームだよね。でもぼく、カードを持《も》ってないよ？」

「おれのを貸《か》してやるよ」

ハルトはまた、別《べつ》の箱《はこ》を取《と》り出《だ》した。

「『ベリトード』と『アモスティア』が入《はい》っているデッキだから、初心者《しょしんしゃ》でもそこそこやれると思《おも》うぜ」

「いや、そもそもルールを知《し》らないし」

「なら、おれたちがやっている様子《ようす》を見学《けんがく》すればいい。そうすりゃ自然《しぜん》にルールも覚《おぼ》えられる」

配膳台《はいぜんだい》のすぐそば、ハルトの後《うし》ろで三人《さんにん》の男子《だんし》が、机《つくえ》の上《うえ》にカードを並《なら》べている。

それをチラリと見《み》たあと、イツキは答《こた》えた。

「……せっかくだけど、やっぱりえんりょしておくよ」

ハルトは残念《ざんねん》そうに肩《かた》をすくめる。

「ゲームなら、お前《まえ》とも一緒《いっしょ》に楽《たの》しめると思《おも》ったんだけどな」

教室《きょうしつ》に携帯《けいたい》ゲーム機《き》やスマートフォンを持《も》ち込《こ》むことは禁止《きんし》されている。

それらを持《も》っている場合《ばあい》、朝学校《あさがっこう》に来《き》たら職員室《しょくいんしつ》に預《あず》

けるのがここ鶴黄小学校《つるきしょうがっこう》の校則《こうそく》だ。

だから昼休《ひるやす》みに行《おこな》う遊《あそ》びといえばサッカーやトランプ、それにこういったトレーディングカードゲームなどになってくる。

運動《うんどう》が苦手《にがて》なイッキにしてみれば、サッカーと比《くら》べればだいぶ魅力的《みりょくてき》な誘《さそ》いではあった。

しかし、今日《きょう》は別《べつ》の予定《よてい》がすでにあったのだ。

「今日《きょう》は図書室《としょしつ》に行《い》くつもりだったんだ」

「はあ……あいかわらず本《ほん》の虫《むし》だな」

ハルトが少《すこ》しあきれた顔《かお》をする。

実際《じっさい》、夏休《なつやす》み中《ちゅう》に起《お》こったあの件以来《けんいらい》、イッキが本《ほん》を読《よ》む機会《きかい》は以前《いぜん》よりもずっと増《ふ》えていた。

自分自身《じぶんじしん》で一《ひと》つの物語《ものがたり》を書《か》き上《あ》げたことで、本《ほん》に対《たい》する興味《きょうみ》が増《ま》したのかもしれない。

「夏休《なつやす》みが終《お》わって、ハルトのマンションに行《い》く機会《きかい》も減《へ》っちゃったしね」

あのマンションには広《ひろ》い図書室《としょしつ》があった。

イッキやハルトのお祖父《じい》さんが集《あつ》めた書物《しょもつ》が収《おさ》められた場所《ばしょ》だ。

「えんりょせずに来《く》ればいいじゃん」

「そうは言《い》っても、やっぱり少《すこ》し家《いえ》からは遠《とお》いから」

それに——当然《とうぜん》と言《い》えば当然《とうぜん》だが——あのマンションの図書室《としょしつ》にはいわゆる「今《いま》どきの本《ほん》」というのがない。

その点《てん》、この学校《がっこう》の図書室《としょしつ》には新《あたら》しめの、しかも小学生向《しょうがくせいむ》けの本《ほん》が揃《そろ》っていた。

(まあ、逆《ぎゃく》にあのマンションの図書室《としょしつ》にしかないものもあるけど)

イツキは一人《ひとり》の——いや、一匹《いっぴき》のハムスターの姿《すがた》を頭《あたま》の中《なか》で思《おも》い浮《う》かべていた。

「また遊《あそ》びに行《い》く」と約束《やくそく》したのに、あれからマリーには一度《いちど》も会《あ》っていない。

たまにハルトのマンションに遊《あそ》びに行《い》っても、あの「秘密《ひみつ》の書庫《しょこ》」には鍵《かぎ》がかけられている。

伯父《おじ》さんの許可《きょか》なく入《はい》ることはできないのだ。

とつぜん、書庫《しょこ》の鍵《かぎ》が壊《こわ》れて閉《し》まらなくなったりすれば話《はなし》は別《べつ》だが、そんな都合《つごう》の良《よ》いことが起《お》こるはずもない。

そう、そのはず、なのだが……。

イツキは、最近読《さいきんよ》んだ本《ほん》で気《き》になることがあった。

その本《ほん》の続《つづ》きを読《よ》むために、今日《きょう》は図書室《としょしつ》に行《い》きたかった。

「じゃあ、そろそろ行《い》くね」

イツキは教室《きょうしつ》の入《い》り口《ぐち》に向《む》かって歩《ある》きはじめた。
背後《はいご》から、ハルトのため息《いき》が聞《き》こえた気《き》がした。

3話《わ》

図書室《としょしつ》は学校《がっこう》の一階《いっかい》、階段《かいだん》のある場所《ばしょ》から一年生《いちねんせい》の教室《きょうしつ》の前《まえ》を通《とお》り過《す》ぎた先《さき》にある。

イツキが引《ひ》っ越《こ》す前《まえ》に通《かよ》っていた学校《がっこう》にも図書室《としょしつ》はあったが、そこよりは少《すこ》し広《ひろ》く、本《ほん》の数《かず》も多《おお》いように思《おも》えた。

静《しず》かに扉《とびら》を開《あ》けると、中《なか》にはすでに数名《すうめい》の、読書《どくしょ》にいそしむ人《ひと》たちの姿《すがた》があった。

入《い》り口付近《ぐちふきん》の席《せき》には、六年生《ろくねんせい》らしき四人《よにん》の男女《だんじょ》。

そのうち一人《ひとり》の顔《かお》を、イツキは知《し》っていた。

ツグミだ。

「……」

彼女《かのじょ》と目《め》が合《あ》ったイツキは、無言《むごん》で軽《かる》くおじぎをする。

それに対《たい》し、ツグミの方《ほう》も目《め》だけであいさつを返《かえ》してきた。

学年《がくねん》がちがうのでしょうがない話《はなし》ではあるが、夏休《なつやす》みが終《お》わって以降《いこう》、ツグミとの接点《せってん》はほとんどない。

こうしてたまに見《み》かけた時《とき》に、目《め》であいさつをかわすくらいだ。
たいていの場合《ばあい》、ツグミは今日《きょう》と同《おな》じように何人《なんにん》かの同級生《どうきゅうせい》に囲《かこ》まれている。
その多《おお》くは男子《だんし》だ。

悪魔《あくま》や式神《しきがみ》についてのことなど、ツグミに聞《き》きたい話《はなし》がないわけではなかったが、そのような状況《じょうきょう》の中《なか》に割《わ》って入《はい》る勇気《ゆうき》など、イツキにはなかった。

上級生《じょうきゅうせい》の男子《だんし》に目《め》を付《つ》けられたら、たまったものではない。

下手《へた》をすれば――。

(……また、同《おな》じことになる)

これ以上《いじょう》、両親《りょうしん》に迷惑《めいわく》はかけたくない。

この学校《がっこう》では余計《よけい》なトラブルを起《お》こさない……そうイツキは心《こころ》に決《き》めていた。


ツグミたちの前《まえ》を通《とお》り過《す》ぎ、イツキは奥《おく》の本棚《ほんだな》へと向《む》かった。

この棚《たな》には人気《にんき》のある小説《しょうせつ》やマンガなどではなく、地味《じみ》な歴史書《れきししょ》や資料《しりょう》などが収《おさ》められている。

正直《しょうじき》、この辺《あた》りの本《ほん》ならばあのマンションの図書室《としょしつ》の方《ほう》が充実《じゅうじつ》していそうではあるが、あちらの本《ほん》はイツキにとって少《すこ》し難《むずか》しい物《もの》が多《おお》かった。

その点《てん》、ここにある本《ほん》の多《おお》くは文字数《もじすう》が少《すく》なく、内容《ないよう》も簡潔《かんけつ》でわかりやすいのだ。

イツキは本棚《ほんだな》から『鶴黄市《つるきし》の歴史《れきし》』と背表紙《せびょうし》に書《か》かれた本《ほん》を取《と》り出《だ》した。

最後《さいご》のページには発行《はっこう》された年《とし》が書《か》いてある。

今《いま》から五年前《ごねんまえ》に書《か》かれた本《ほん》だ。
それを持《も》ってイツキは本棚《ほんだな》をはなれ、近《ちか》くの席《せき》に腰《こし》かけた。
机《つくえ》をはさんだ向《む》かいにはもう一人《ひとり》、眼鏡《めがね》をかけた女《おんな》の子《こ》が静《しず》かに本《ほん》を読《よ》んでいた。
同《おな》じクラスの葉月《はづき》マナだ。
彼女《かのじょ》の読《よ》んでいる本《ほん》。
その表紙《ひょうし》に書《か》かれた文字《もじ》を見《み》て、思《おも》わずイツキは目《め》を見開《みひら》いてしまった。
——『世界悪魔事典《せかいあくまじてん》』。
まじめでおとなしそうな彼女《かのじょ》には、あまり似《に》つかわしくない本《ほん》だとイツキは思《おも》った。
マナの顔《かお》をチラリと見《み》ると、目《め》が合《あ》ってしまった。
「……」
しかし彼女《かのじょ》は何《なに》も言《い》わず、すぐに本《ほん》の世界《せかい》へと戻《もど》っていった。

(悪魔《あくま》……かあ)

イツキが本物《ほんもの》の悪魔《あくま》たちと出会《であ》ったことを知《し》ったら、マナはどんな反応《はんのう》をするだろうか?

動物《どうぶつ》の姿《すがた》をかたどった、紙《かみ》でできた悪魔《あくま》。

紙《かみ》の悪魔《あくま》、マリーとの出会《であ》いが、あの夏休《なつやす》みに起《お》こった不思議《ふしぎ》な出来事《できごと》の始《はじ》まりだった。

……そんなことを考《かんが》えながらも、イツキは持《も》ってきた本《ほん》のページを開《ひら》き、前回《ぜんかい》の続《つづ》きから読《よ》みはじめることにした。

八十三《はちじゅうさん》ページ。

そこには「メータ脱走事件《だっそうじけん》」と見出《みだ》しが書《か》かれている。

――今《いま》から二十年前《にじゅうねんまえ》、この町《まち》にあった動物園《どうぶつえん》からツキノワグマの「メータ」が脱走《だっそう》した、というものだ。

本《ほん》にはその事件《じけん》が詳細《しょうさい》に書《か》かれているが、気《き》になるのはその脱走《だっそう》の原因《げんいん》となった、ある不可思議《ふかしぎ》な「現象《げんしょう》」についてだった。

それは――。

「ねえ、遠藤《えんどう》くん」

正面《しょうめん》から、イツキに話《はな》しかける声《こえ》がした。

マナだ。彼女《かのじょ》が本《ほん》から目《め》を離《はな》し、こちらを見《み》つめていた。

「何《なに》？」

「……この町《まち》の歴史《れきし》に興味《きょうみ》があるの？」

「いや……まあ、うん」

イツキは自分《じぶん》の読《よ》んでいたページを、マナに見《み》せた。

「歴史《れきし》というか、この事件《じけん》についてかな。だって不思議《ふしぎ》じゃない？　――『町中《まちじゅう》の鍵《かぎ》が、いっせいに壊《こわ》れる』なんてさ」

マナは一瞬《いっしゅん》、驚《おどろ》いたような表情《ひょうじょう》をしたが、すぐに冷静《れいせい》な顔《かお》に戻《もど》ってこう聞《き》いてきた。

「……それ、本当《ほんとう》だと思《おも》う？」

「どうだろうね。ぼくはまだこの町《まち》に越《こ》して来《き》たばかりだから。葉月《はづき》さんは何《なに》か知《し》ってる？」

「……私《わたし》たちが生《う》まれる前《まえ》に起《お》こった事件《じけん》だもの」

「まあ、そりゃそうか。親《おや》から何《なに》か聞《き》いたりしたことは――」

その質問《しつもん》に答《こた》える代《か》わりに、マナはイツキにこう告《つ》げた。

「あのさ、図書室《としょしつ》であんまりおしゃべりするの、良《よ》くないと思《おも》う」

「……そうだね、ごめんなさい」

先《さき》に話《はな》しかけてきたのはそっちじゃないか、とイツキは内心《ないしん》では不満《ふまん》に思《おも》いつつも、おとなしく引《ひ》き下《さ》がった。

「——まあ、それを守《まも》れない上級生《じょうきゅうせい》もいるみたいだけど」

マナは軽《かる》く息《いき》をはきながら、横目《よこめ》でツグミたちの方《ほう》を見《み》た。

イツキもそちらに視線《しせん》を送《おく》る。

ツグミ自身《じしん》は静《しず》かに読書《どくしょ》にふけっていたが、周《まわ》りの男子《だんし》たちは明《あき》らかに本《ほん》になど興味《きょうみ》がない様《よう》子《す》で、ぺらぺらとおしゃべりに明《あ》け暮《く》れていた。

話《はなし》の内容《ないよう》は……昨日《きのう》のテレビ番組《ばんぐみ》がどうだったとか、まあとにかく図書室《としょしつ》でわざわざする話題《わだい》でないことはたしかなようだ。

「……なんなのかしら、あの人《ひと》たち」

読書《どくしょ》するつもりがないのなら出《で》ていってほしい——そう言《い》いたげな表情《ひょうじょう》でマナはつぶやいた。

だが、別《べつ》に彼《かれ》らに注意《ちゅうい》するつもりもないようで……黙《だま》ってまた『世界悪魔事典《せかいあくまじてん》』を読《よ》みはじめる。

これ以上何《いじょうなに》か聞《き》ける雰囲気《ふんいき》でもないので、イツキも読書《どくしょ》を再開《さいかい》することにした。

——クマの脱走《だっそう》や鍵《かぎ》の異常《いじょう》などの事態《じたい》が相次《あいつ》ぎ、町《まち》は大《おお》きな混乱《こんらん》におちいったようだ。

そのため、外《そと》からの鶴黄市《つるきし》への立《た》ち入《い》りが一時的《いちじてき》に禁止《きんし》になった、と書《か》かれている。

クマに襲《おそ》われて亡《な》くなった人《ひと》もいたみたいだ。

……常識《じょうしき》では考《かんが》えられない出来事《できごと》。

それに「動物《どうぶつ》」。

さらには、この事件《じけん》が起《お》こったのが……二十年前《にじゅうねんまえ》だということ。

イツキは以前《いぜん》、マリーと交《か》わしたこんな会話《かいわ》を思《おも》い返《かえ》していた。

『——外《そと》に出《で》るのは久《ひさ》しぶりだって言《い》ってたけど』

『そうだな。およそ……二十年《にじゅうねん》ぶりくらいか』

……この一致《いっち》は、単《たん》なる偶然《ぐうぜん》なのだろうか？

『鶴黄市《つるきし》の歴史《れきし》』には、これ以上《いじょう》の詳《くわ》しいことは書《か》かれていなさそうだった。

（やっぱりマリーや他《ほか》の悪魔《あくま》たちに、直接《ちょくせつ》聞いてみた方《ほう》が早《はや》いかも）

彼女《かのじょ》たちと会《あ》うのが難《むずか》しいようなら、マサキ伯父《おじ》さんにたずねてみるのもいいかもしれない。

母《かあ》さんが大学《だいがく》に入《はい》って一人暮《ひとりぐ》らしを始《はじ》めるまでは、この町《まち》で家族《かぞく》で暮《く》らしていたと言《い》っていた。

（二十年前《にじゅうねんまえ》なら伯父《おじ》さんは高校生《こうこうせい》、母《かあ》さんは中学生《ちゅうがくせい》……かな？）

クマのメータは、地元《じもと》の鶴黄高校校舎《つるきこうこうこうしゃ》にも入《はい》り込《こ》んだと本《ほん》には書《か》かれている。

（伯父《おじ》さんが通《かよ》っていたのが、この鶴黄高校《つるきこうこう》かどうかはわからないけど……）

いずれにせよ、マンションと共《とも》に紙《かみ》の悪魔《あくま》たちを管理《かんり》してきた伯父《おじ》さんならば、何《なに》か知《し》っている可能性《かのうせい》は高《たか》い気《き》がする。


イツキは顔《かお》をあげ、壁《かべ》にかかった時計《とけい》を見《み》た。

そろそろ昼休《ひるやす》みが終《お》わる時間《じかん》だ。

目《め》の前《まえ》のマナもすでに本《ほん》を閉《と》じ、立《た》ち上《あ》がっていた。

ツグミとその取《と》り巻《ま》きの男子《だんし》たちは、いつの間《ま》にかいなくなっている。

借《か》りられれば良《よ》いのだけど、残念《ざんねん》ながら『鶴黄市《つるきし》の歴史《れきし》』には貸《か》し出《だ》し禁止《きんし》のシールが貼《は》られている。

イツキは、本《ほん》を戻《もど》すために本棚《ほんだな》に向《む》かった。

貸《か》し出《だ》しカウンターから歩《ある》いてきたマナと、図書室《としょしつ》の出口《でぐち》で出会《であ》った。

同《おな》じクラスなので、そのまま一緒《いっしょ》にろうかを歩《ある》いていく。

「――遠藤《えんどう》くんって、日々野《ひびの》さんと知《し》り合《あ》いなんだね」

唐突《とうとつ》にマナが、こう切《き》り出《だ》してきた。

日々野《ひびの》、とはツグミの苗字《みょうじ》だ。

「え、なんでわかったの？」

「図書室《としょしつ》に入《はい》ってきた時《とき》、あいさつしてたから」

「ああ……」

「……」

どうして知《し》り合《あ》いになったのかを、マナは特《とく》に聞《き》いてこなかった。

逆《ぎゃく》にイツキの方《ほう》が、彼女《かのじょ》に質問《しつもん》する。

「葉月《はづき》さんも、ツグミさんのことを知《し》ってるんだ？」

「そりゃあもう。あの日々野家《ひびのけ》のおじょうさまだもの」

「はあ……ツグミさんの家《いえ》って、そんなすごいんだ」

よくは知《し》らないものの、ツグミがお金持《かねも》ちであることは、その言動《げんどう》などからなんとなく想像《そうぞう》はついていた。

「知《し》らないの？」

「さっきも言《い》ったけど、ぼく、まだこの町《まち》に引《ひ》っ越《こ》してきたばかりだし、ツグミさんとも……顔《かお》見知《みし》りって程度《ていど》で」

「……じゃあ『マスター・オブ・ザ・デーモン』は知《し》ってるよね」

先《さき》ほどハルトが持《も》っていた、カードゲームのことだ。

イツキはうなずいた。

「あれを作《つく》っているのも、日々野《ひびの》さんのお父《とう》さんが社長《しゃちょう》をしている会社《かいしゃ》なんだって」

「！　へええ……」

たしか、あのカードゲームを作《つく》っているのは「ソロモン株式会社《かぶしきがいしゃ》」——かなり大《おお》きな会社《かいしゃ》のはずだ。

「マスター・オブ・ザ・デーモン」だけではなく、テレビゲームソフトの有名《ゆうめい》シリーズなんかも手《て》がけている。

「家《いえ》がお金持《かねも》ちで、しかも美人《びじん》。……男子《だんし》が群《むら》がるのも当然《とうぜん》と言《い》えば当然《とうぜん》よね」

マナが少《すこ》し目《め》を細《ほそ》めながら、そうつぶやいた。

「……女子《じょし》から見《み》ると、どうなの？　ツグミさんって」

「どう、って？」

「ほら、うらやましい、とか、逆《ぎゃく》になんかムカつく、とか——」

「うーん……」

マナは少《すこ》し考《かんが》えたあと、こう答《こた》えた。

「あこがれ、ではあるかな。ああいう風《ふう》になれたらいいなって。あそこまで完《かん》ぺきだと、しっとする気持《きも》ちにもなれないし……まあ、これは人《ひと》によるかな」

「……なるほど」

「あと、個人的《こじんてき》には、彼女《かのじょ》の陰陽師《おんみょうじ》の血筋《ちすじ》にも興味《きょうみ》が——」

「え？」

そこでマナはハッとした表情《ひょうじょう》になり、あわてた様子《ようす》でこう言《い》い直《なお》した。

「あ、今《いま》のなし！　なんでもない！　忘《わす》れて」

いくら有名《ゆうめい》だとはいえ、日々野家《ひびのけ》が陰陽師《おんみょうじ》の子孫《しそん》であることまで広《ひろ》く知《し》られているものなのだろうか？

それとも、どうやって調《しら》べたのかわからないけど、マナだけが、陰陽師《おんみょうじ》の子孫《しそん》であることを突《つ》き止《と》めたのか——。

（伯父《おじ》さんはともかく……ハルトはそのことについて、特《とく》に何《なに》も言《い》っていなかったし……）

先《さき》ほど彼女《かのじょ》が読《よ》んでいた本《ほん》から察《さっ》するに、マナはそういったオカルト好《ず》きの子《こ》なのかもしれない。

「……あ、あのさ」

イツキが考《かんが》えごとをしていると、マナが少《すこ》し気《き》恥《は》ずかしそうに切《き》り出《だ》してきた。

「もし、良《よ》かったらさ、今日《きょう》――」

キーンコーンカーンコーン。

ろうかにチャイムの音《おと》がひびく。

「あ、まずい！　葉月《はづき》さん、急《いそ》ごう」

「――そうだね」

マナは言《い》いかけていた言葉《ことば》を飲《の》みこみ、イツキと共《とも》にろうかを走《はし》りはじめた。

4話《わ》

授業《じゅぎょう》が終《お》わり、児童《じどう》たちはそれぞれ下校《げこう》していく。

日《ひ》は沈《しず》みかけ、西《にし》の空《そら》には夕焼《ゆうや》けの名残《なごり》が残《のこ》っている。

いわゆる、黄昏《たそがれ》の時間《じかん》だ。

——黄昏時《たそがれどき》は別名《べつめい》、「逢魔《おうま》が時《とき》」とも呼《よ》ばれる。


マナはまっすぐ家《いえ》に帰《かえ》らず、通学路《つうがくろ》からは少《すこ》し外《はず》れた場所《ばしょ》にある空《あ》き地《ち》に立《た》ち寄《よ》っていた。

ここにはかつて、動物園《どうぶつえん》があったという。

しかし、それはマナが生《う》まれる前《まえ》のことだ。

クマが脱走《だっそう》するという大事件《だいじけん》を起《お》こした動物園《どうぶつえん》は、しばらく営業《えいぎょう》を「じしゅく」し、再開後《さいかいご》も客《きゃく》は減《へ》り続《つづ》け……十五年前《じゅうごねんまえ》に閉園《へいえん》したという。

その跡地《あとち》には今《いま》や商業《しょうぎょう》ビルが建《た》ち並《なら》んでおり、当時《とうじ》のおもかげは残《のこ》っていない。

唯一《ゆいいつ》、この小《ちい》さな空《あ》き地《ち》だけが、土地《とち》の買《か》い手《て》がつかなかったようだ。

そこには無断《むだん》で立《た》てられたと思《おも》われる看板《かんばん》があり、そこにはこう書《か》かれていた。
『鶴黄市《つるきし》に再《ふたた》び動物園《どうぶつえん》を！』
そういった活動《かつどう》をしている人《ひと》たちがいるのだろう。
だけど、それはマナの知《し》ったことではない。
彼女《かのじょ》が欲《ほ》しかったのは、別《べつ》の情報《じょうほう》だったが……。
(まあ今《いま》さら、何《なに》もないわよね)
マナは大《おお》きなため息《いき》をつく。
ここには、イツキを誘《さそ》おうとしていた。
彼《かれ》はどうやら「メータ脱走事件《だっそうじけん》」に興味《きょうみ》を持《も》っているようだったから。
しかし、結局《けっきょく》はこうやって一人《ひとり》で来《き》ている。
同《おな》じクラスというだけで、イツキとは特別《とくべつ》に親《した》しいわけでもない。
……いや、マナと仲《なか》が良《よ》い友達《ともだち》など、学校《がっこう》には一人《ひとり》だっていないのだ。
「……」
(女影神社《めかげじんじゃ》は……今《いま》から行《い》くのはもう遅《おそ》いか)
家《いえ》に帰《かえ》るのが多少遅《たしょうおそ》くなるのは、大《おお》きな問題《もんだい》ではない。

マナの両親《りょうしん》は共働《ともばたら》きで、どちらも帰宅《きたく》するのはたいてい夜九時以降《よるくじいこう》だ。

それまでに家《いえ》についていればいい。

ただ、日《ひ》が完全《かんぜん》に沈《しず》みきったあとに小学生《しょうがくせい》が町《まち》をうろついていると、不審《ふしん》に思《おも》われるかもしれない。

(今日《きょう》の調査《ちょうさ》は終《お》わり)

ランドセルを背負《せお》い、辺《あた》りを見回《みまわ》す。

(家《いえ》までは、どっちの道《みち》が近《ちか》かったかな……)

こう同《おな》じようなビルばかりだと、方角《ほうがく》がわかりづらい。

しばらくきょろきょろしていたマナは、ビルの合間《あいま》に建《た》っている一軒《いっけん》の小《ちい》さな建物《たてもの》に目《め》を留《と》めた。

「なにあれ？　変《へん》な建物《たてもの》」

気味《きみ》が悪《わる》いほどに見事《みごと》な立方体《りっぽうたい》の、黒《くろ》い建物《たてもの》だった。

上部《じょうぶ》の看板《かんばん》には大《おお》きくカラフルな文字《もじ》で
「おもちゃランド・ペールノエル」

と書《か》かれている。

どうやらおもちゃ屋《や》のようだが、こんなビル街《がい》にあるのは不自然《ふしぜん》だ。

近《ちか》づいてみると、店《みせ》の前面《ぜんめん》には透明《とうめい》なガラスのショーケースがあり、そこにはいくつかの古《ふる》めかしいおもちゃが並《なら》んで置《お》かれていた。

そしてこの店《みせ》にはもう一《ひと》つ、壁《かべ》の横《よこ》に小《ちい》さな看板《かんばん》があることに気《き》がついた。

そこには黒字《くろじ》で「神森玩具店《がんぐてん》」と書《か》かれている。

(カミモリ？　それともシンモリ？　——とにかく、ずいぶんと古《ふる》そうな看板《かんばん》ね)

店自体《みせじたい》はわりと新《あたら》しめに見《み》える中《なか》で、その看《かん》板《ばん》だけが不釣《ふつ》り合《あ》いだった。

もしかしたらこの「神森玩具店《がんぐてん》」というのが本来《ほんらい》の店《みせ》の名前《なまえ》で、最近《さいきん》になって新《あたら》しく建《た》て替《か》

えた際《さい》、店名《てんめい》も変《か》えた、ということなのかもしれない。

(だとしたら……)

店自体《みせじたい》はずっと前《まえ》から存在《そんざい》していた。

もしかしたら、動物園《どうぶつえん》がまだあったころから。

何《なに》か手《て》がかりが得《え》られるかもしれない。

マナは思《おも》い切《き》って、店《みせ》に立《た》ち寄《よ》ってみることにした。

自動《じどう》ドアが開《ひら》くと、中《なか》からさわやかな男性《だんせい》の声《こえ》が聞《き》こえてきた。

「やあ、いらっしゃい」

店員《てんいん》らしき、二十代《にじゅうだい》くらいに見《み》えるお兄《にい》さんがレジで微笑《ほほえ》んでいた。

看板《かんばん》とショーケースのおもちゃの古《ふる》めかしさから、お爺《じい》さんかお婆《ばあ》さんが出《で》てくるんじゃないかと勝手《かって》に思《おも》い込《こ》んでいたマナは、少々《しょうしょう》戸惑《とまど》ってしまった。

「あ……ど、どうも」

お兄《にい》さんの胸《むね》の名札《なふだ》を見《み》ると、そこには「神森太郎《かみもりたろう》」と書《か》かれていた。

「これはめずらしい。君《きみ》のような若《わか》い子《こ》がこの店《みせ》に来《く》るなんて」

「え？　でもここ、おもちゃ屋《や》ですよね？」

「そうなんだけどね。外《そと》のショーウィンドウのおもちゃは見《み》たかい？」

「はい。ちらっとですけど」

「あの通《とお》り、あいにくとここには最近《さいきん》の子《こ》が欲《ほ》しがるような物《もの》はないんだよ。どちらかと言《い》えばマニア向《む》けの――いわゆる骨董品《こっとうひん》ばかりでね」

「はあ……」

マナは店内《てんない》をざっと見回《みまわ》してみた。

たしかに店《みせ》にあるのは、ショーウィンドウの物《もの》と同様《どうよう》に古《ふる》いおもちゃばかりのようだった。

「当《あ》てが外《はず》れたかな？」

「あ、でもこれ、かわいい」

マナは店内《てんない》の中央《ちゅうおう》、一番目立《いちばんめだ》つ場所《ばしょ》に飾《かざ》られている陶器製《とうきせい》の人形《にんぎょう》に近《ちか》づいた。

「それかい？　その『ネメシス』はパッと見《み》はふつうのアンティーク人形《にんぎょう》に見《み》えるけど、実《じつ》はぜんまい仕掛《じか》けで動《うご》くんだよ」

「へえ……」

触《さわ》ってみようと手《て》を伸《の》ばしかけたマナは、ハッとしてすぐに動《うご》きを止《と》めた。

そしてそばにあったその人形《にんぎょう》の値札《ねふだ》を見《み》る。

「七十七万円《ななじゅうななまんえん》……！」

どうやらマナの判断《はんだん》は正解《せいかい》だったようだ。

うかつに触《さわ》って、もしも壊《こわ》してしまったら大変《たいへん》なことになっていたところだった。

他《ほか》のおもちゃも——この人形《にんぎょう》ほどではないが、どれもマナのおこづかいではとても手《て》が出《で》ないような高《たか》い物《もの》ばかりのようだった。

「ははっ。まあ、見《み》るだけなら無料《むりょう》だ。気《き》の済《す》むまでながめていってよ」

お客《きゃく》にはなりえないであろうマナを邪険《じゃけん》にあつかうこともなく、お兄《にい》さんは笑顔《えがお》のままでそう言《い》った。

「……その……実《じつ》は」

マナは意《い》を決《けっ》し、ここに来《き》た本来《ほんらい》の目的《もくてき》を切《き》り出《だ》した。

「おもちゃを探《さが》しに来《き》たんじゃなくて……少《すこ》し、教《おし》えてほしいことが」

マナは窓越《まどご》しに見《み》える空《あ》き地《ち》を指《ゆび》さした。

「あそこの辺《あた》り——昔《むかし》は動物園《どうぶつえん》があったって……」

「ああ、そうらしいね。クマが脱走《だっそう》する事件《じけん》があって、その後閉園《あとへいえん》したみたいだけど」

「その時《とき》の話《はなし》を聞《き》きたいんです」

お兄《にい》さんは不思議《ふしぎ》そうにマナの顔《かお》を見《み》た。

「なんでそんなことを？」

「いえ……その、ちょっと学校《がっこう》の課題《かだい》があって、それでこの町《まち》の歴史《れきし》を調《しら》べてて……」

「そうかい」

マナの適当《てきとう》なウソを疑《うたが》う様子《ようす》はなかったが、お兄《にい》さんは残念《ざんねん》そうに首《くび》を横《よこ》にふった。

「……悪《わる》いけど、ぼくがこの店《みせ》を継《つ》いだのはつい最近《さいきん》のことなんだ。前《まえ》の店主《てんしゅ》――うちの親父《おやじ》なら何《なに》か知《し》っていたかもしれないけど、あいにく去年《きょねん》、病気《びょうき》で死《し》んじゃってね」

「そうですか……」

「力《ちから》になれなくてごめんね」

「いえ、こちらこそお邪魔《じゃま》してしまって申《もう》し訳《わけ》ありません」

マナはお兄《にい》さんに頭《あたま》を下《さ》げた。

「それじゃあ――失礼《しつれい》します」

マナは店《みせ》を出《で》た。

外《そと》はだいぶ暗《くら》くなっていた。

早《はや》く帰《かえ》ろう……そう思《おも》いながらも、店《みせ》の前《まえ》のショーウィンドウを改《あらた》めてながめる。

――『希望《きぼう》の夢《ゆめ》』を、お探《さが》しかい？　――


「……え？」

ショーウィンドウの中《なか》から、子供《こども》の声《こえ》が聞《き》こえてきたような気《き》がした。

そんなはずはない、と思《おも》いつつもマナは声《こえ》のした方《ほう》を見《み》る。

そこには――一匹《いっぴき》の羊《ひつじ》がいた。

「これ……」

もちろん、本物《ほんもの》の羊《ひつじ》ではない。

ブリキ製《せい》らしき、手《て》のひらサイズの羊《ひつじ》のおもちゃだ。

それをじっとながめていると、自動《じどう》ドアが開《ひら》いて店員《てんいん》のお兄《にい》さんが出《で》てきた。

「おや？　まだいたのかい？」

「はい……」

「お気《き》に入《い》りの物《もの》でもあったかい？」

「あ、いえ……この羊《ひつじ》のおもちゃ、昔持《むかしも》ってたぬいぐるみに少《すこ》し似《に》てるな、って――」

これはウソではない。

お兄《にい》さんがそのおもちゃについて説明《せつめい》を始《はじ》めた。

「それもさっきの人形《にんぎょう》と同《おな》じように、ぜんまい仕掛《じか》けだ。オーストリア製《せい》で『デウス』っていうメーカーの品《しな》だね。『デウス』はたしかにぬいぐるみなんかも作《つく》っている。ただ、日本《にほん》ではあまり見《み》かけない物《もの》のはずだけど……」

「そのぬいぐるみは私《わたし》が生《う》まれたころから家《いえ》にあったんです。元々《もともと》はお母《かあ》さんの物《もの》だったって――」

「じゃあ、お母《かあ》さんが昔《むかし》、オーストリアで買《か》ってきたのかもしれないね。あるいは別《べつ》の、外国人《がいこくじん》の知《し》り合《あ》いからもらったか」

そのぬいぐるみはマナのお気《き》に入《い》りで、いつもそれを大事《だいじ》にしていた。

でも……今《いま》はもう、あの羊《ひつじ》はいない。

（……）

マナはその羊《ひつじ》のおもちゃが欲《ほ》しくなり、値札《ねふだ》を見《み》てみた。

そして、思《おも》わず眉《まゆ》をひそめた。

「税込《ぜいこみ》で一万円《いちまんえん》……」

予想《よそう》はしていたが、やはり高《たか》い。

店内《てんない》の人形《にんぎょう》と比《くら》べれば、ずっとお手頃《てごろ》だけれども。

「小学生《しょうがくせい》が買《か》うには、ちょっと厳《きび》しいかな。ごめんね、さっきも言《い》ったけど、うち、マニア向《む》けの店《みせ》だから……」

「はい……」

「まあ、大人《おとな》になって、まだそいつが欲《ほ》しいと思《おも》っていたなら、その時《とき》にまた来《き》てよ。……それまでうちの店《みせ》がつぶれていなければの話《はなし》だけどね、ははっ」

あいかわらずのお兄《にい》さんの笑顔《えがお》。

それに愛想笑《あいそわら》いを返《かえ》しながら、マナは少《すこ》しだけ気落《きお》ちしてその場《ば》を離《はな》れようとした。

——が、ちゃんと前《まえ》を見《み》ずに歩《ある》き出《だ》していたせいで、ちょうど通《とお》りかかった人《ひと》とぶつかってしまった。

「こらこら。気《き》をつけなさい」

「あっ……ご、ごめんなさい」

「……まあ、いいが。まったく、最近《さいきん》の子供《こども》はこんな遅《おそ》くまで――うん？」

そのスーツ姿《すがた》の男性《だんせい》は、おもちゃ屋《や》の看板《かんばん》を見《み》て不思議《ふしぎ》そうな顔《かお》をした。

「――こんなところに、おもちゃ屋《や》なんてあったか……？」

マナもつられて、おもちゃ屋《や》の方《ほう》を向《む》く。

――その時《とき》だった。

ショーウィンドウの中《なか》から紫色《むらさきいろ》の光《ひかり》が放《はな》たれたように、マナには見《み》えた。

「ん……!?」

スーツの男性《だんせい》がわずかにふらつく。

「大丈夫《だいじょうぶ》ですか？」

「あ……ああ。大丈夫《だいじょうぶ》だ」

声《こえ》をかけたマナの顔《かお》を、男性《だんせい》はまじまじと見《み》つめてきた。

「――なんと美《うつく》しい」

「え？」

「あ……いや、なんでもない……ところで、おじょうさん。何《なに》かお困《こま》りのことがおありでは？」

「いや、別《べつ》に――」

「そんなことはない！　きっとあるはずだ!!　こう見《み》えて、私《わたし》は弁護士《べんごし》でね。『一日一善《いちにちいちぜん》』を信《しん》条《じょう》としているんだ。というか、そのノルマを達成《たっせい》しないと不幸《ふこう》が――ああ、これは別《べつ》にわざわざ言《い》わなくてもいいか」

なんだかさっきから少《すこ》し、男性《だんせい》の様子《ようす》がおかしい。

（もしかして……変質者《へんしっしゃ》？）

逃《に》げる用意《ようい》をしておいた方《ほう》がいいかもしれない、とマナは思《おも》った。

よく見《み》ると、あの店員《てんいん》のお兄《にい》さんがまだ店《みせ》の前《まえ》に立《た》っている。彼《かれ》に警察《けいさつ》を呼《よ》んでもらってもいいかもしれない。

異変《いへん》に気《き》がついたのか、お兄《にい》さんがこちらに歩《あゆ》み寄《よ》ってきた。

「どうかしましたか？」

「いや何《なに》、私《わたし》は今《いま》、この少女《しょうじょ》の助《たす》けになりたいと思《おも》っていてね」

お兄《にい》さんはとまどう様子《ようす》もなく、弁護士《べんごし》に対《たい》してこう答《こた》える。

「この子《こ》は、あのおもちゃが欲《ほ》しいみたいですよ」

言《い》いながら、店《みせ》のショーウィンドウの方《ほう》を指《ゆび》さした。

「この羊《ひつじ》か？　よし、私《わたし》が買《か》ってあげよう！」

弁護士《べんごし》は財布《さいふ》から一万円札《いちまんえんさつ》を取《と》り出《だ》した。

「お前《まえ》、この店《みせ》の店員《てんいん》だな？」

「はい、そうですが」

「じゃあ、すぐにショーウィンドウからあれを出《だ》してくれ。これで足《た》りるな？」

弁護士《べんごし》がお札《さつ》をお兄《にい》さんに手渡《てわた》す。

「ええ。ちょうど——おや、これは……」

お兄《にい》さんはけげんそうな顔《かお》で、渡《わた》されたお札《さつ》をまじまじと見《み》つめた。

「な、何《なに》か問題《もんだい》でも？」

なぜか弁護士《べんごし》が、少《すこ》し焦《あせ》ったような顔《かお》つきになる。

「いえ、旧札《きゅうさつ》とはめずらしいな、と思《おも》いましてね」

「——旧札《きゅうさつ》でも問題《もんだい》なく使《つか》えるだろ？」

「はい、もちろんです」

お兄《にい》さんはショーウィンドウの鍵《かぎ》を開《あ》け、中《なか》から羊《ひつじ》を取《と》り出《だ》した。

「少《すこ》しお待《ま》ちください」

その羊《ひつじ》を持《も》ったままお兄《にい》さんは店《みせ》の中《なか》に入《はい》っていく。

しばらくしてから、店《みせ》の形《かたち》と同《おな》じような黒《くろ》い箱《はこ》にリボンを巻《ま》いた物《もの》を持《も》って再《ふたた》び出《で》てきた。

どうやらあの羊《ひつじ》を、箱《はこ》に入《い》れてくれたようだ。

「この子《こ》にそれを渡《わた》してくれ」

弁護士《べんごし》はそう言《い》ったが、マナはあわてて手《て》をふった。

「そんな、受《う》け取《と》れません！　意味《いみ》わかんないし！」

しかし弁護士《べんごし》はマナの言葉《ことば》を無視《むし》し、何《なに》かを思《おも》い出《だ》したように自分《じぶん》のうで時計《どけい》を見《み》た。

「まずい、もうクライアントとの待《ま》ち合《あ》わせ時間《じかん》じゃないか！」

そう言《い》って今度《こんど》は近《ちか》くのビルの方《ほう》を見《み》る。

「いやあ、一日一善《いちにちいちぜん》！　今日《きょう》もいいことしたなあ！　ハハハ――」

高笑《たかわら》いしながら、弁護士《べんごし》は走《はし》り去《さ》ってしまった。

「……ど、どうしましょう、それ」

マナは、困《こま》った顔《かお》でお兄《にい》さんの持《も》つ箱《はこ》を指《ゆび》さした。

「うーん……こちらとしては、お代《だい》ももらっちゃったしなあ……」

お兄《にい》さんはそう答《こた》え、マナに箱《はこ》を手渡《てわた》した。

「世《よ》の中《なか》には、色々《いろいろ》と変《か》わった人《ひと》がいるからね……まあ、もらっておけばいいんじゃない？」

「でも——」

「どうしてもというなら返品《へんぴん》してもらってもいいけど、その場合《ばあい》、さっきのお金《かね》は君《きみ》が受《う》け取《と》ることになる。あの人《ひと》がどこの誰《だれ》かもわからないからね」

「……」

「そっちの方《ほう》が面倒《めんどう》なことになるんじゃない？」

たしかに、それだとマナがあの人《ひと》のお金《かね》をネコババしたことになってしまうかもしれない。

「じゃあ、どうしたら——」

「とりあえず、この羊《ひつじ》は君《きみ》が預《あず》かっておいてよ。あの人《ひと》がこのお店《みせ》に来《く》ることがあったら、うまく引《ひ》き留《と》めて君《きみ》に連絡《れんらく》するから」

「……はい」

仕方《しかた》なく、マナはお兄《にい》さんに自分《じぶん》の家《いえ》の電話番号《でんわばんごう》を告《つ》げ、羊《ひつじ》を預《あず》かることにした。

5話《わ》

次《つぎ》の日《ひ》の五時間目《ごじかんめ》。今日《きょう》の社会科《しゃかいか》の授業《じゅぎょう》は、図書室《としょしつ》を使《つか》っての「調《しら》べ学習《がくしゅう》」。グループで環境《かんきょう》問題《もんだい》について本《ほん》で調《しら》べるのだ。

「それじゃあ男女三人《だんじょさんにん》ずつ、合計六人《ごうけいろくにん》のグループを作《つく》ってくださーい」

先生《せんせい》の呼《よ》びかけに応《おう》じ、五年三組《ごねんさんくみ》のみんながそれぞれ、仲《なか》の良《よ》い友達《ともだち》と組《く》んでいく。

イツキが少《すこ》しとまどいがちにその様子《ようす》をながめていると、ハルトが声《こえ》をかけてきた。

「イツキ、一緒《いっしょ》にやろうぜ」

「うん、いいよ」

断《ことわ》る理由《りゆう》なんてないイツキは、すぐにうなずく。

「あとは——っと」

ハルトが周囲《しゅうい》をキョロキョロ見回《みまわ》す。

「ミツグ、お前《まえ》でいいや。うちの班《はん》に入《はい》れよ」

クラスの女子二人《じょしふたり》と話《はな》していたミツグの背中《せなか》をポンと叩《たた》く。

「あ？　なんでお前《まえ》と——」

不満《ふまん》そうな顔色《かおいろ》のミツグだったが、イツキがその横《よこ》にいるのを見《み》て様子《ようす》が変《か》わった。

「お、イツキも一緒《いっしょ》か。ならいいぜ」

「なんでイツキがいるならいいんだよ」

「イツキはお前《まえ》とちがって頭《あたま》がいいからな」

「……まあいいや」

ミツグはそばにいる女子《じょし》たちの方《ほう》に向《む》き直《なお》る。

「サティにカテイ。お前《まえ》らもそれでＯＫ？」

「うん」

「いいよー」

サティにカテイ、というのは彼女《かのじょ》たちの本名《ほんみょう》ではなく、あだ名《な》だ。

今田《いまだ》サチに勝村《かつむら》ミオ。どのようないきさつで二人《ふたり》にそんなあだ名《な》がついたのか、転校生《てんこうせい》であるイツキには知《し》るよしもなかった。

「これであと一人《ひとり》だけど——」

ミツグが周《まわ》りを見《み》る。

もうほとんどの人《ひと》たちが、六人組《ろくにんぐみ》を作《つく》り終《お》えている様子《ようす》だった。

「めぼしいのがいねえな」

そんな中《なか》、イツキはマナが一人《ひとり》、ポツンと座《すわ》っているのに気《き》がついた。

「あのさ」

イツキはミツグに話《はな》しかけた。

「一人《ひとり》、余《あま》っているみたいだけど」

だが、ミツグはマナの方《ほう》を見《み》たあと、渋《しぶ》い顔《かお》をする。

「ああ、葉月《はづき》……なあ……」

「どうしたの？」

「あいつ、なんか暗《くら》いっていうか、一緒《いっしょ》だとやりづらいんだよなあ」

マナをグループに入《い》れることに反対《はんたい》なのは、

ミツグだけではなさそうだった。

「マナちゃんは、ちょっと……ねえ」

「うん……」

サティとカティが顔《かお》を見合《みあ》わせる。

ハルトですら、少《すこ》し気《き》まずそうな顔《かお》をしているだけで、ミツグたちに対《たい》して反論《はんろん》しようとはしなかった。

その様子《ようす》を見《み》て、イツキの胸《むね》がきゅっと苦《くる》しくなる。

(……同《おな》じだ……あの時《とき》の僕《ぼく》と……)

このままじゃ、ダメだ。

「だけど——」

だがイツキがそう言《い》いかけた時《とき》、別《べつ》の女子《じょし》——津川《つがわ》ナナミがぴょこんと輪《わ》に加《くわ》わってきた。

「ミッくん。私《わたし》も入《い》ーれて♪」

「お、ナナミか。いいぜいいぜ。これで六人揃《ろくにんそろ》ったな」

ミツグが彼女《かのじょ》をグループにむかえ入《い》れてしまったことで、そこで話《はなし》は終《お》わってしまった。

イツキはそれ以上《いじょう》、何《なに》も言《い》えなくなってしまった。

――そのまま、マナはどこの班《はん》にも加《くわ》われずにいた。

最終的《さいしゅうてき》には残《のこ》った五人組《ごにんぐみ》のグループに入《い》れてもらっていたが、そのメンバーたちも明《あき》らかにしぶしぶ、といった顔《かお》をしていた。

「全員《ぜんいん》グループを組《く》みましたねー。それじゃあ始《はじ》めましょう」

先生《せんせい》はそのことを気《き》にも留《と》めていない様子《ようす》だった。

――授業《じゅぎょう》の途中《とちゅう》、ハルトが心配《しんぱい》そうな顔《かお》でイツキに声《こえ》をかける。

「イツキ、どこか調子《ちょうし》悪《わる》いのか？　顔色《かおいろ》が悪《わる》いぜ」

「……う、うん。大丈夫《だいじょうぶ》。なんでもない」

「……」

ハルトはまだ何《なに》か言《い》いたげだったが、その前《まえ》にサティに話《はな》しかけられていた。

「ハルト。ちょっとそこの本《ほん》、取《と》ってよ」

「え？　あ、うん。わかった」

そのまま、調《しら》べ学習《がくしゅう》へと戻《もど》っていく。

「イッキくん。ここの内容《ないよう》、紙《かみ》に書《か》いてくれる？」

「……うん」

イッキも暗《くら》い顔《かお》つきのまま、黙々《もくもく》と授業《じゅぎょう》をこなしていった。

マナがクラスで浮《う》いた存在《そんざい》であることは、転校《てんこう》してきた当初《とうしょ》からイッキもなんとなく気《き》がついていた。

理由《りゆう》はわからないし、誰《だれ》かに聞《き》く勇気《ゆうき》もない。

その状態《じょうたい》を簡単《かんたん》に解決《かいけつ》する方法《ほうほう》なんてないことを、イッキはよくわかっていたからだ。

別《べつ》にマナは、ろこつに「いじめ」にあっているというわけではない。

少《すく》なくともイッキにはそう見《み》えた。

でも——。

自分《じぶん》とマナでは、見《み》えている景色《けしき》がちがうことだって、ありうるのだ。

6話《わ》

――あの羊《ひつじ》のぬいぐるみのことを、マナは「ジル」と呼《よ》んでいた。

それはマナの名付《なづ》けたものではなかった。彼女《かのじょ》の手元《てもと》に渡《わた》った時《とき》、ぬいぐるみにはすでにその名《な》がついていたのだ。

「この子《こ》の名前《なまえ》は『ジル』っていうの」

三歳《さんさい》のマナは、その母親《ははおや》の言葉《ことば》を素直《すなお》に受《う》け入《い》れた。

夜《よる》、ねむる時《とき》はいつもジルが一緒《いっしょ》だった。

ぬいぐるみのジルは、話《はな》したり動《うご》いたりはしない。

それでもマナにとって、ジルは大切《たいせつ》な友達《ともだち》だった。


……ジルがいなくても、ねむれるようになったのは、いつからだろう？

ベッドに横《よこ》たわりながら、マナはそんなことを考《かんが》えていた。

もうすぐ日付《ひづけ》が変《か》わる時刻《じこく》になるが、両親《りょうしん》はまだ帰《かえ》ってきていない。

きっと仕事《しごと》が忙《いそが》しいのだろう。

別《べつ》にめずらしいことではなかった。

「……」

あまりねむくない。

マナはベッドから起《お》き上《あ》がり、部屋《へや》の電気《でんき》をつけた。

机《つくえ》の上《うえ》には、あの黒《くろ》い箱《はこ》がリボンをかけられたまま置《お》いてある。

「……」

リボンをほどき、箱《はこ》を開《あ》けてみた。

箱《はこ》の中《なか》にある羊《ひつじ》と、目《め》が合《あ》ったように思《おも》えた。

羊《ひつじ》を手《て》に取《と》ってみると、たしかに背中《せなか》にぜんまいを巻《ま》くための穴《あな》があいている。

「えっと……これ、かな？」

箱《はこ》の底《そこ》には、いくつかの部品《ぶひん》が入《はい》った透明《とうめい》の袋《ふくろ》があった。

その中《なか》から、ねじ巻《ま》きらしき物《もの》を取《と》り出《だ》し、羊《ひつじ》の背中《せなか》にさしてみる。

「うん、ぴったり」

ねじ巻《ま》きを軽《かる》く回《まわ》したあと、羊《ひつじ》を机《つくえ》の上《うえ》に置《お》く。

少《すこ》し間《ま》の抜《ぬ》けた足《あし》どりで、羊《ひつじ》がぴょこぴょこと歩《ある》きはじめた。

「ふふ、かわいい」

その様子《ようす》をながめながら、マナはやっぱりこの羊《ひつじ》は、ジルにとてもよく似《に》ているなと思《おも》った。

「ジル……」

そうマナがつぶやくと——。

羊《ひつじ》の動《うご》きが、ピタリと止《と》まった。

そして次《つぎ》に、マナの方《ほう》にくるりと向《む》き直《なお》ったのだ。

「その名前《なまえ》は好《す》きじゃないな」

「!?　しゃべった……？」

明《あき》らかにその声《こえ》は、目《め》の前《まえ》のおもちゃから聞《き》こえてきたものだった。

「そうだよ。おもちゃがしゃべるのはおかしいかい？」

マナは、とまどいながらも首《くび》を横《よこ》にふる。

「……ううん。ジルはしゃべったりしなかったけど」

「またその名前《なまえ》。やめてくれ。それはぼくがもっともきらいな奴《やつ》の名前《なまえ》なんだ」

「じゃあ、あなたの本当《ほんとう》の名前《なまえ》は？」

「それは言《い》えないな。真名《まな》を誰《だれ》かに言《い》うことは禁《きん》じられている。なぜならぼくは――」

「――『悪魔《あくま》』、だから？」

羊《ひつじ》の身体《からだ》が、軽《かる》くぴょんとはねた。

「……これは驚《おどろ》いた。君《きみ》はぼくの正体《しょうたい》を知《し》っているのかい？」

「もしかしたらそうかも、って思《おも》っただけ。でも、当《あ》たっていたみたいね」

「うん。だけど『悪魔《あくま》』というのは、本当《ほんとう》の意味《いみ》で正《ただ》しい呼《よ》び方《かた》ではないな。――『妖魔《ようま》』。あるいは『クロックワーク・デーモン』でもいい」

「それって、何《なに》かちがうの？」

「大《おお》ちがいさ。『悪魔《あくま》』だと意味合《いみあ》いが広《ひろ》すぎるんだ。あの紙《かみ》の老《お》いぼれ連中《れんちゅう》や、へなちょこ式神《しきがみ》なんかも、そこにふくまれるからね。ぼくは奴《やつ》らと一緒《いっしょ》くたにはされたくないのさ」

「よくわからないけど、ならあなたのことは『妖魔《ようま》』って呼《よ》べばいいわけ？　でも、それだとあまりかわいくないな」

「なら、君《きみ》ができとうにぼくに名《な》づけてくれ……あ、『ジル』以外《いがい》でね」

「うーん……」

マナは少《すこ》し考《かんが》えたあと、この羊《ひつじ》の名前《なまえ》を言《い》った。

「じゃあ、『デウス』で」

「……この身体《からだ》を作《つく》ったメーカーの名前《なまえ》じゃないか。安易《あんい》だな」

「気《き》に入《い》らない？」

「いや、別《べつ》にそれでいいよ。名前《なまえ》なんて大《たい》して重要《じゅうよう》じゃない」

マナはデウスを見《み》ながら、嬉《うれ》しそうに微笑《ほほえ》む。

「でも──ついに会《あ》うことができたのね、『悪魔《あくま》』に……あ、『妖魔《ようま》』だったっけ」

「その口《くち》ぶりだと、ぼくらのことを探《さが》していたみたいだね。……『コウモリ』はそのことに気《き》がついていたのか？」

「？」

「──まあいい。いずれにせよ、それなら話《はなし》は早《はや》い。君《きみ》はぼくとの『けいやく』を望《のぞ》んでいる
……そういうことでいいんだよね？」

マナはちゅうちょすることなく、こう答《こた》えた。

「ええ、もちろん」

「ならば──」

デウスの身体《からだ》が、宙《ちゅう》に浮《う》かびはじめた。

そして目《め》から、妖《あや》しい紫《むらさき》の光《ひかり》を放《はな》ちはじめる。
「――共《とも》に『希望《きぼう》の夢《ゆめ》』を見《み》ようじゃないか！　わがあるじよ!!」

7話《わ》

イッキは今日《きょう》も図書室《としょしつ》に来《き》ていた。

おとといのサッカーの試合《しあい》はミツグたちの敗北《はいぼく》で終《お》わったようで、今日《きょう》の昼休《ひるやす》みにリベンジ試合《じあい》が行《おこな》われる、とのことだった。

イッキはまた声《こえ》をかけられる前《まえ》に、ここへと逃《に》げ込《こ》んできたのだ。

「メータ脱走事件《だっそうじけん》」については、もうこの図書室《としょしつ》で調《しら》べられることはなさそうだったので、今《いま》は別《べっ》の本《ほん》を読《よ》んでいる。

『ヴェノマニア公《こう》の狂気《きょうき》』という物語《ものがたり》だ。

テレビでドラマ化《か》されたこともあるらしいが、そのドラマ自体《じたい》をイッキは見《み》たことはなかった。

最近《さいきん》になってマサキ伯父《おじ》さんがそのドラマの脚本《きゃくほん》を書《か》いていたことを知《し》ったので、それをきっかけに読《よ》んでみようという気《き》になったのである。

——とある国《くに》の貴族《きぞく》が、悪魔《あくま》と「けいやく」したことで女性《じょせい》たちからモテモテになるという話《はなし》のようだった。

数《すう》ページほど読《よ》んだあと、イツキは本《ほん》から顔《かお》をあげて軽《かる》く図書室内《としょしつない》を見回《みまわ》す。

今日《きょう》もまた、何人《なんにん》かがイツキと同《おな》じように読書《どくしょ》を楽《たの》しんでいるが、ツグミたちの姿《すがた》はないようだ。

そして……マナも見当《みあ》たらない。

機会《きかい》があれば、彼女《かのじょ》と少《すこ》し話《はなし》をしてみたかった。

同《おな》じクラスなんだから教室内《きょうしつない》で声《こえ》をかければ良《よ》い話《はなし》なのだが……そうしにくい雰囲気《ふんいき》が、あのクラス内《ない》にはあるような気《き》がした。

ここでなら——まあ、またおしゃべりを注意《ちゅうい》されるかもしれないけど——とにかくちょっとでも、彼女《かのじょ》の悩《なや》みに触《ふ》れられたら、と思《おも》っていた。

もちろん、そんな悩《なや》みなんて本当《ほんとう》はなくて、イツキの勘違《かんちが》いに過《す》ぎないかもしれないけど。

それならば、それでいい。

でも、マナが現《あらわ》れない以上《いじょう》、イツキには『ヴェノマニア公《こう》の狂気《きょうき》』を読《よ》み進《すす》めることしかできなかった。

——もうすぐ昼休《ひるやす》みが終《お》わりそうだ。

今日《きょう》は少《すこ》し早《はや》めに、図書室《としょしつ》を出《で》よう。

読《よ》みかけの『ヴェノマニア公《こう》の狂気《きょうき》』を持《も》って席《せき》を立《た》つ。

そのまま入《い》り口横《ぐちよこ》のカウンターに向《む》かうと、ブックカードに学年《がくねん》、クラス、名前《なまえ》を書《か》いて図書《としょ》係《がかり》に手渡《てわた》した。

これで貸《か》し出《だ》し手続《てつづ》きは完了《かんりょう》だ。

町《まち》の図書館《としょかん》なんかではたいていバーコードで処理《しょり》されるので、こういった物《もの》は無《な》い。

学校《がっこう》の図書室《としょしつ》ならではの方法《ほうほう》といえるだろう。

ブックカードを図書係《としょがかり》の子《こ》に差《さ》し出《だ》す直前《ちょくぜん》、イツキはそこに書《か》かれている名前《なまえ》の一《ひと》つに目《め》を留《と》めた。

……イツキの何人《なんにん》か前《まえ》に「葉月《はづき》マナ」の名前《なまえ》があったのだ。

貸出日《かしだしび》は……今《いま》から五《ご》カ月《げつ》ほど前《まえ》だ。

(……たしかにこれ、悪魔《あくま》が出《で》てくる小説《しょうせつ》だもんなあ……)

やはり彼女《かのじょ》は、相当《そうとう》の悪魔《あくま》好《ず》きなようだ。

借《か》りた本《ほん》を手《て》に、イツキが教室《きょうしつ》へと戻《もど》ると、昼休《ひるやす》み終了《しゅうりょう》まであと二分《にふん》というところだった。

図書室《としょしつ》から教室《きょうしつ》までの距離《きょり》を考《かんが》え、早《はや》めに図書室《としょしつ》を出《で》て正解《せいかい》だった。
自分《じぶん》の席《せき》に座《すわ》ろうとしたイツキは、そこであることに気《き》がついた。
教室《きょうしつ》の窓側《まどがわ》の方《ほう》――マナの席《せき》の辺《あた》りに、男子《だんし》たちが集《あつ》まっている。
マナが男子《だんし》たちと、楽《たの》しそうに会話《かいわ》していたのだ。
ミツグやカケル、ハルトもそちらにいる。
思《おも》わずイツキも、そちらに近《ちか》づいていった。
……マナの机《つくえ》には「マスター・オブ・ザ・デーモン」のカードが数枚《すうまい》、置《お》かれている。
それについての話《はなし》で盛《も》り上《あ》がっている様子《ようす》だった。
(ああなるほど。そういうことか)
きっと「悪魔《あくま》」という共通《きょうつう》の話題《わだい》が、話《はな》すきっかけになったのだろう。
なんにせよ、マナがクラスのみんなと楽《たの》しくやれているのは、良《よ》いことだ。

少《すこ》し安心《あんしん》したイツキだったが、そこでふとした疑問《ぎもん》が、心《こころ》の中《なか》にわいた。

……ミツグたちは今日《きょう》、サッカーをしているはずじゃなかったのだろうか？

試合《しあい》が終《お》わってたった今《いま》、校庭《こうてい》から戻《もど》ってきた——そんな感《かん》じには見《み》えなかった。

「お、イツキ」

イツキの存在《そんざい》に気《き》がついたハルトが、話《はな》しかけてきた。

「ん、なに？」

「今週《こんしゅう》の土曜日《どようび》、お前《まえ》ももし他《ほか》に予定《よてい》がないようならうちに来《こ》いよ」

「うん、いいけど……どうしたの？　急《きゅう》に」

「今日《きょう》からさ、父《とう》ちゃんが仕事《しごと》で旅行《りょこう》に行《い》ってるんだ。二週間《にしゅうかん》は帰《かえ》ってこない」

「へえ……それは大変《たいへん》だね」

ハルトは次《つぎ》に、少《すこ》し小声《こごえ》でこうささやいた。

「だから、さ……あの『秘密《ひみつ》の書庫《しょこ》』にも楽《らく》に忍《しの》び込《こ》めるぜ」

——どうやらハルトなりに、イツキの考《かんが》えていることを察《さっ》してくれていたらしい。

たしかに伯父《おじ》さんのいない今《いま》ならば、マリーたちに会《あ》えるチャンスだ。

「……うん、わかった。土曜日《どようび》——三日後《みっかご》だね」

「その日《ひ》なら、おれもサッカーの練習《れんしゅう》、休《やす》みだからさ」

そこでイツキは、ふとツグミのことを頭《あたま》に思《おも》い浮《う》かべた。

……夏休《なつやす》みに行《おこな》った「悪魔探《あくまさが》し」。強欲《ごうよく》の悪魔《あくま》・セイラムのゆくえをイツキと一緒《いっしょ》になって探《さが》したのがハルト、それにツグミだった。

「せっかくだから、ツグミさんも呼《よ》ぼうか？」

イツキが提案《ていあん》すると、ハルトは気《き》のない感《かん》じでこう返事《へんじ》した。

「ツグミさん？　ああ……まあ、いいんじゃない？」

「？」

ハルトの反応《はんのう》は、正直《しょうじき》、ちょっと意外《いがい》だった。

彼《かれ》は夏休《なつやす》みの間《あいだ》、ずっとツグミに対《たい》して夢中《むちゅう》……というか、熱《ねつ》をあげている様子《ようす》だったからだ。

それについてたずねるか迷《まよ》っていたところで、チャイムが鳴《な》りはじめた。

「じゃあ、土曜日《どようび》に」

そう言《い》って席《せき》に戻《もど》ろうとしたイツキを、ハルトが呼《よ》び止《と》めた。

「ちょっと待《ま》って。もう一《ひと》つだけ。今日《きょう》からお前《まえ》の――」

「はーい。席《せき》について。授業《じゅぎょう》を始《はじ》めますよー」

先生《せんせい》が教室《きょうしつ》に入《はい》ってきてそうさけんだので、ハルトもしぶしぶといった感《かん》じで、自分《じぶん》の席《せき》へと戻《もど》っていった。

8話《わ》

その日《ひ》、イツキが家《いえ》に帰《かえ》ると、玄関《げんかん》の鍵《かぎ》が閉《し》まっていた。

（そういえば……母《かあ》さん、今日《きょう》からパートに出《で》るって言《い》ってたっけ）

二週間《にしゅうかん》ほどの、期間《きかん》が限定《げんてい》された仕事《しごと》のようだが。

夕方《ゆうがた》までの仕事《しごと》なので、さほど遅《おそ》くはならない、とも言《い》っていた。

なのでじきに帰《かえ》ってくるだろう。

イツキは渡《わた》されていた合鍵《あいかぎ》を使《つか》って、家《いえ》へと入《はい》った。

自分《じぶん》の部屋《へや》でしばらくの間《あいだ》『ヴェノマニア公《こう》の狂気《きょうき》』を読《よ》んでいると、玄関《げんかん》のドアが開《あ》く音《おと》が聞《き》こえた。

「ただいまー」

母《かあ》さんの声《こえ》じゃない。

あれは父《とう》さんだ。

「イツキ、母《かあ》さんは？」

父《とう》さんがドアのすきまから顔《かお》をのぞかせてきた。

「まだ帰《かえ》ってきてない」

「そうか。ずいぶん遅《おそ》いな」

時計《とけい》を見《み》ると、もうそろそろ六時《ろくじ》になろうとしていた。

少《すこ》し心配《しんぱい》になってきたところで、再《ふたた》び玄関《げんかん》から、

「ただいまー」

と聞《き》こえてきた。今度《こんど》こそ、母《かあ》さんの声《こえ》だ。

父《とう》さんと一緒《いっしょ》に玄関《げんかん》まで行《い》き、母《かあ》さんを出《で》むかえる。

「お帰《かえ》りなさい」

「ごめんごめん、遅《おそ》くなっちゃって」

「あっちで何《なに》かあったのか？」

父《とう》さんがたずねる。

「そういうわけじゃないんだけどさ……まあ、とにかく夕食《ゆうしょく》、作《つく》っちゃうね」

買《か》い物袋《ものぶくろ》を持《も》った母《かあ》さんは、そのまま急《いそ》いで台所《だいどころ》へと向《む》かっていった。

夕食《ゆうしょく》ができたのは、それから一時間後《いちじかんご》のことだった。

ふだんよりシンプルに見《み》える食事《しょくじ》を三人《さんにん》で食《た》べている中《なか》、母《かあ》さんは帰《かえ》りが遅《おそ》くなった理由《りゆう》を話《はな》しはじめた。

「本当《ほんとう》、兄《にい》さんたら、なってないわ」

コロッケを箸《はし》でつまみながら、母《かあ》さんが眉間《みけん》にしわを寄《よ》せつつ、そうつぶやく。

「ハルトくんの夕食《ゆうしょく》、なんの用意《ようい》もせずにお金《かね》だけ渡《わた》しておくなんて」

イツキには話《はなし》の意味《いみ》がよく理解《りかい》できなかった。

「なんでハルトの話《はなし》が出《で》てくるの？」

「あら、だって母《かあ》さんの仕事先《しごとさき》って、マサキ兄《にい》さんのマンションだもの」

「え!?」

「昨日《きのう》、言《い》ったでしょ？」

「聞《き》いてないよ。『パートに出《で》る』ってことしか」

「ウソよ。ちゃんと言《い》ったわ」

「聞《き》いてない」

言《い》い争《あらそ》いになりそうな気配《けはい》を察《さっ》したのか、父《とう》さんが口《くち》をはさんできた。

「まあまあ。……で、ハルトくんのために夕食《ゆうしょく》を用意《ようい》してきたってわけか」

「そういうこと。ハルトくん、その……両親《りょうしん》が別《わか》れて以来《いらい》、ほとんど外食《がいしょく》か出前《でまえ》でご飯《はん》をすませているみたい」

「ああ……マサキ義兄《にい》さん、料理《りょうり》が得意《とくい》そうには見《み》えないものなあ」

「育《そだ》ちざかりの子《こ》が、そんなの良《よ》くないわ。だから、パートの期間中《きかんちゅう》だけでも、この叔母《おば》さんが料理《りょうり》のうでをふるってやろう、って思《おも》ったわけ」

イツキはお味噌汁《みそしる》をすすりながら、両親《りょうしん》の会話《かいわ》に耳《みみ》をかたむけている。

今日《きょう》の昼休《ひるやす》み、ハルトが言《い》いかけていたことは、おそらく母《かあ》さんのことだったのだろう。

「でも、二週間《にしゅうかん》だけの間《あいだ》じゃ、根本的《こんぽんてき》な解決《かいけつ》にはならないだろう。お前《まえ》がずっとあそこの家《いえ》に通《かよ》い続《つづ》けるわけにもいかないだろうし」

「兄《にい》さんが帰《かえ》ってきたら、それなりに忠告《ちゅうこく》はするつもりよ。家政婦《かせいふ》さんを雇《やと》うなりなんなり。それぐらいの余裕《よゆう》はあるでしょうから、あっちの家《いえ》には」

遠《とお》まわしに自分《じぶん》の安月給《やすげっきゅう》について責《せ》められた気分《きぶん》にでもなったのか、父《とう》さんが少《すこ》しばつの悪《わる》い表情《ひょうじょう》になった。

そんな父《とう》さんにお構《かま》いなく、母《かあ》さんは話《はなし》を続《つづ》ける。

「あるいは――週《しゅう》に一度《いちど》くらい、ハルトくんをこの家《いえ》に呼《よ》んで一緒《いっしょ》にご飯《はん》を食《た》べてもいいかもしれないわね」

「そうだな……向《む》こうが嫌《いや》じゃないってのなら、それでも構《かま》わないけど」

母《かあ》さんがイツキの方《ほう》に顔《かお》を向《む》ける。

「イツキも別《べつ》に反対《はんたい》しないでしょ？」

「そりゃあ……まあ」

母親《ははおや》がいない、というのがどんな感《かん》じなのか、イツキにはわからない。

イツキの両親《りょうしん》もしょっちゅうケンカはするものの、別《わか》れたりするような雰囲気《ふんいき》を見《み》せたことはない。

なんだかんだ、仲《なか》がいい……のだと、思《おも》う。

「マサキ義兄《にい》さんにも、いい人《ひと》が見《み》つかればいいんだがな」

茶碗《ちゃわん》と箸《はし》を手《て》に、父《とう》さんがそうつぶやいた。

「もしくは……カヨコさんとよりを戻《もど》す、とか」

「そうね……それが一番《いちばん》、いいんでしょうけど」

「お前《まえ》、今《いま》でもカヨコさんとは連絡《れんらく》を取《と》りあっているんだろう？」

「たまにメールするくらいだけどね」

「どうなんだ？　実際《じっさい》のところ」

母《かあ》さんは神妙《しんみょう》な面持《おもも》ちで、こう答《こた》えた。

「……まあ、難《むずか》しいでしょうね。あっちはあっちで、上手《うま》くいっているみたいだし」

「それってつまり――」

「やめましょう。子供《こども》の前《まえ》でする話《はなし》じゃないわ」

母《かあ》さんがぴしゃりとそう言《い》ったので、父《とう》さんもそこから先《さき》は何《なに》も言《い》わなくなった。

イツキには、よくわからない話《はなし》ではあったが……。

カヨコさん、というのがきっと、ハルトのお母《かあ》さんのことなんだろう。

それだけはわかった。

「あのさ、母《かあ》さん」

少《すこ》し食卓《しょくたく》の空気《くうき》が重《おも》くなったように感《かん》じたので、イツキは話題《わだい》を変《か》えるべくこう切《き》り出《だ》した。

「『メータ脱走事件《だっそうじけん》』って、知《し》ってる？」

「……そんなの、どこで知《し》ったの？」

「本《ほん》で読《よ》んだんだ。母《かあ》さん、その時《とき》、この町《まち》に住《す》んでいたんでしょ？」

「そうね――昔《むかし》のことだから、もうあまりよくは覚《おぼ》えてないけど」

「脱走《だっそう》したクマは見《み》たの？」

「ううん。母《かあ》さんが住《す》んでいる方《ほう》には、クマは来《こ》なかったから」

「じゃあ、伯父《おじ》さんは？」

「兄《にい》さんもたぶん、見《み》てないんじゃないかしら？」

母《かあ》さんの言《い》っていることが本当《ほんとう》なら、その事件《じけん》は悪魔《あくま》とは関係《かんけい》ない、ということなのだろうか？

……いや、まだわからない。

とにかく土曜日《どようび》だ。

マリーたちに会《あ》えたら、その時《とき》に話《はなし》を――。

――って、ちょっと待《ま》てよ。

「母《かあ》さん、パートの仕事《しごと》って……土曜日《どようび》も？」

「ええ、そうよ。日曜日《にちようび》は休《やす》みだけど」

「……ちなみに、ちゃんと聞《き》いてなかったけど、母《かあ》さんの仕事《しごと》って――」

「マンションの管理人《かんりにん》。兄《にい》さんが旅行《りょこう》に行《い》っているから、その代理《だいり》って感《かん》じね」

つまり……少《すく》なくともその間《あいだ》は、あの書庫《しょこ》の鍵《かぎ》は母《かあ》さんが持《も》っている……ということだ。

(……はあ)

それを手《て》に入《い》れる方法《ほうほう》も、土曜日《どようび》までに考《かんが》えておかなくてはならない。

ハルトに何《なに》か、考《かんが》えがあるならいいけど。

9話《わ》

次《つぎ》の日《ひ》もマナは、クラスで大人気《だいにんき》だった。

いや……人気《にんき》なんてレベルじゃないかもしれない。

朝《あさ》、マナが教室《きょうしつ》に入《はい》ってきた瞬間《しゅんかん》に、男子《だんし》たちが色《いろ》めき立《た》つのをイッキは感《かん》じた。

みんな、どこかそわそわして落《お》ち着《つ》かない様子《ようす》だ。

先週《せんしゅう》までとくらべて、特《とく》にマナの見《み》た目《め》に変化《へんか》があったわけではない。

いつも通《どお》りの服装《ふくそう》に、いつも通《どお》りの眼鏡《めがね》。

化粧《けしょう》をしたり、髪《かみ》を染《そ》めていたり、なんてこともない。

それでもイッキ以外《いがい》の男子《だんし》はみんな、明《あき》らかに好意《こうい》を持《も》った目《め》でマナを見《み》ていた。

(……なんだ？　これ)

異変《いへん》を感《かん》じていたのは、イッキだけではないようだ。

クラスの女子《じょし》たちもみんな、唐突《とうとつ》に変化《へんか》したこの雰囲気《ふんいき》を不思議《ふしぎ》がっている様子《ようす》だった。

ただ、それを口《くち》に出《だ》して言《い》う人《ひと》は、この時点《じてん》では誰《だれ》もいなかった。

昼休《ひるやす》みになると、クラス中《じゅう》の男子《だんし》がマナの元《もと》に集《あつ》まっていった。

「なあマナ、昼休《ひるやす》み、何《なに》か予定《よてい》あるの？」

「も……もしよかったら、ぼくらとカードゲームしない？」

これまでには、決《けっ》して見《み》られなかった光景《こうけい》だ。

わりと活発《かっぱつ》なタイプの男子《だんし》たちも、校庭《こうてい》に出《で》たりせず、マナに夢中《むちゅう》になっている。

一人《ひとり》だけその輪《わ》に加《くわ》わっていないイツキの方《ほう》が、居心地《いごこち》の悪《わる》さを感《かん》じるくらいだった。

このころになると女子《じょし》たちもそれぞれ、マナたちを横目《よこめ》で見《み》ながらひそひそ話《ばなし》を始《はじ》めるようになっていた。

「……何《なに》あれ？　なんかおかしくない？」

「男子《だんし》みんなで、葉月《はづき》さんをからかってるんじゃないの？」

特《とく》に一人《ひとり》、マナのことを――いや、正《ただ》しく言《い》えばマナと、そのすぐ横《よこ》にいるミツグのことをするどい目《め》つきでにらみつけている女子《じょし》がいた。

今田《いまだ》サチだ。

放課後《ほうかご》。

予想通《よそうどお》りというかなんというか、マナの周《まわ》りに男子《だんし》たちが集《あつ》まりはじめた。

「葉月《はづき》さん！　一緒《いっしょ》に帰《かえ》ろう！」

「おい、お前《まえ》の家《いえ》、マナの家《いえ》とは逆方向《ぎゃくほうこう》だろ！」

「いいんだよ、そんなことはどうでも」

みんなでマナの取《と》り合《あ》いになっている。

「なあマナ、今日《きょう》、サッカークラブの練習《れんしゅう》があるんだ。良《よ》かったら見《み》に来《こ》ないか？」

（ハルトまで……）

そんなこと、イツキだって今《いま》まで言《い》われたことがなかった。

（……いや、それはまあ、ぼくがサッカーに興味《きょうみ》がないことを、ハルトが知《し》っているからだろうけど……）

ともあれ、違和感《いわかん》を覚《おぼ》えずにはいられない。

はっきり言《い》って、マナとツグミは見《み》た目《め》も性格《せいかく》も、正反対《せいはんたい》のタイプにイツキには思《おも》えた。

この短期間《たんきかん》で、彼《かれ》の女《おんな》の子《こ》に対《たい》する好《この》みが変《か》わってしまったのだろうか？

一番熱心《いちばんねっしん》にマナを誘《さそ》っているのは、やはりミツグだった。

なかば強引《ごういん》にマナのうでを引《ひ》っ張《ぱ》り、一緒《いっしょ》に帰《かえ》ろうとしている。

……が、それを止《と》めようとする女子《じょし》が、ついに現《あらわ》れた。

「ちょっと、葉月《はづき》さん！」

今田《いまだ》サチがホウキを片手《かたて》に持《も》ちながら、マナとミツグの前《まえ》に立《た》ちふさがった。

「今日《きょう》、掃除当番《そうじとうばん》でしょう？　勝手《かって》に帰《かえ》らないでよ」

「……」

何《なに》も答《こた》えないマナの代《か》わりに、ミツグがサチの前《まえ》に立《た》った。

「そんなの、お前《まえ》たちだけでやればいいじゃん」

「良《よ》くないわよ！　ちゃんと当番《とうばん》は守《まも》らないと。クラスのルールなんだから」

「――マナは、掃除《そうじ》なんてしなくてもいいんだよ」

まったく悪《わる》びれる様子《ようす》もなくそう言《い》い放《はな》ったミツグを見《み》て、サチは少《すこ》しだけたじろいだ。

「な……なによ、それ……」

どう考《かんが》えても正当性《せいとうせい》のないミツグの主張《しゅちょう》だったが、周《まわ》りの男子《だんし》たちはみんな、これに賛同《さんどう》している様子《ようす》だった。

「そうだそうだ！」

「葉月《はづき》さんに掃除《そうじ》なんかさせるな！」

男子《だんし》たちにいっせいにさけばれたサチは、最初《さいしょ》の勢《いきお》いをとっくになくしてしまっており、それどころか今《いま》にも泣《な》きだしそうになっていた。

……これはハルトから聞《き》いたうわさ話《ばなし》でしかないが、サチとミツグは実《じつ》のところ、ひそかに付《つ》き合《あ》っているらしい。

自分《じぶん》の彼氏《かれし》が別《べつ》の女《おんな》の子《こ》に夢中《むちゅう》になっていることも、サチにとってはショックだったのかもしれない。

「――ちょっと男子《だんし》！　いいかげんにしなよ！」

親友《しんゆう》のピンチを救《すく》うべく、飛《と》び出《だ》してきた勝村《かつむら》ミオが男子《だんし》の集団《しゅうだん》に向《む》かってさけんだ。

それをきっかけに、他《ほか》の女子《じょし》たちもこの争《あらそ》いに参加《さんか》しはじめる。

「あんたたち、昨日《きのう》からちょっと変《へん》だよ！」

「なんで葉月《はづき》さんばっかり、ひいきするわけ!?」

男子《だんし》たちも負《ま》けてはいない。

「うるせー、ブス」

「そんなのおれたちの勝手《かって》だろ！」

さすがになぐりあいのケンカにまではなっていないが、いつそうなってもおかしくないような雰囲気《ふんいき》だった。

イツキ及《およ》び一部《いちぶ》のおとなしめの女子《じょし》たちが、その様子《ようす》を教室《きょうしつ》のはしっこで見守《みまも》っていた。

「……ねえ、遠藤《えんどう》くん」

ナナミが指《ゆび》でイツキの肩《かた》をちょんと叩《たた》いてきた。

「先生《せんせい》、呼《よ》んだ方《ほう》が良《よ》くない？」

「……そうだね」

そう答《こた》えてすぐに、イツキは教室《きょうしつ》を飛《と》び出《だ》して職員室《しょくいんしつ》に向《む》かった。

――結局《けっきょく》その日《ひ》は、イツキに呼《よ》ばれて教室《きょうしつ》に戻《もど》ってきた先生《せんせい》によって、争《あらそ》いは治《おさ》められた。

本来《ほんらい》の予定通《よていどお》り、マナがちゃんと掃除当番《そうじとうばん》をすることで一応《いちおう》、解決《かいけつ》したのだが――。

これですべてが終《お》わるとは、イツキには思《おも》えなかった。

何《なに》より、イツキが不気味《ぶきみ》に思《おも》ったのは……。

あの争《あらそ》いの最中《さなか》……。

マナが、まったくとまどう様子《ようす》もなく、平然《へいぜん》としていたこと。

それどころか……。

彼女《かのじょ》は、薄笑《うすわら》いすら、浮《う》かべていた。

10話《わ》

土曜日《どようび》。
今日《きょう》はイツキが、このマンションにやって来《く》る日《ひ》である。
だがもちろん、「秘密《ひみつ》の書庫《しょこ》」にいる悪魔《あくま》たちは、そのことを知《し》るよしもない。
外《そと》の世界《せかい》で起《お》こっている、異変《いへん》のことも。

……書庫《しょこ》の中《なか》で、マリーは夢《ゆめ》を見《み》ていた。

黒《くろ》く塗《ぬ》りつぶされた部屋《へや》の中《なか》。
何《なに》も見《み》えない。
何《なに》も聞《き》こえない。
けれども、彼女《かのじょ》がそれを恐怖《きょうふ》に思《おも》うことはない。
マリーにとって、くらやみはもはや友達《ともだち》なのだ。

ずっと、この中《なか》で過《す》ごしてきたのだから。

そのくらやみの中《なか》に、久《ひさ》しぶりの光《ひかり》が差《さ》し込《こ》んだ。
いつのまにか部屋《へや》は明《あか》るくなっており、マリーの前《まえ》には一人《ひとり》の少年《しょうねん》が立《た》っていた。
その少年《しょうねん》はマリーのことを「ネズミ」だと言《い》った。
だからマリーは否定《ひてい》した。
「ネズミ」ではなく「ハムスター」だと。
……でも、本当《ほんとう》はそれも正《ただ》しくない。
マリーは「紙《かみ》」であり、そして「悪魔《あくま》」なのだ。
少年《しょうねん》はマリーに、小《ちい》さな願《ねが》いごとを言《い》った。
それは「けいやく」の証《あかし》となり、マリーは部屋《へや》の外《そと》に出《で》ることができるようになった。

そしてそれが、マリーとその少年《しょうねん》――イツキとの出会《であ》いだった。

景色《けしき》が変《か》わる。

そこは、マンションのろうかだった。

マリーとの「けいやく」を望《のぞ》んでいなかったイツキは、「けいやく」を解除《かいじょ》するために別《べつ》の悪《あく》魔《ま》――セイラムを探《さが》しはじめた。

二人《ふたり》の友人《ゆうじん》……ハルトとツグミと共《とも》に。

それをマリーが悲《かな》しく思《おも》うことはなかった。

いつだって悪魔《あくま》は、人間《にんげん》には嫌《きら》われる。

悪魔《あくま》は人間《にんげん》に、不幸《ふこう》をもたらす存在《そんざい》なのだから。


また、場面《ばめん》が変《か》わる。

今度《こんど》はビルの屋上《おくじょう》だ。

イツキはついにセイラムを見《み》つけた。

「けいやく」の解除《かいじょ》には、セイラムやマリーをふくめた五体《ごたい》の悪魔《あくま》の許可《きょか》が必要《ひつよう》だ。

イツキは物語《ものがたり》を書《か》き、それを悪魔《あくま》たちが認《みと》めること――それが解除《かいじょ》のための儀式《ぎしき》でもある。

だからイツキは必死《ひっし》にセイラムを追《お》いかけ、そしてついに捕《つか》まえようとしていた。

しかし、そこに――「不幸《ふこう》」は訪《おとず》れた。

セイラムをつかもうと、ビルの手《て》すりから身《み》を乗《の》り出《だ》したイッキ。
彼《かれ》がそのままバランスをくずして……屋上《おくじょう》から落《お》ちていく。

くらやみは怖《こわ》くない。
嫌《きら》われたって悲《かな》しくない。
でも……自分《じぶん》のせいで不幸《ふこう》になる人間《にんげん》を見《み》るのは、もう嫌《いや》だった。

マリーはイッキを助《たす》けようと、手《て》を伸《の》ばした。
その手《て》が紙《かみ》でもなく、悪魔《あくま》のつばさでもない――人間《にんげん》の手《て》だったことに一番《いちばん》驚《おどろ》いたのは、マリー自身《じしん》だった。

意識《いしき》はうすれ、そしてまたあざやかになっていく。
――再《ふたた》び、真《ま》っ暗《くら》な部屋《へや》の中《なか》。
だけど、これは夢《ゆめ》の世界《せかい》じゃない。
現実《げんじつ》だ――。

……久々《ひさびさ》に目《め》を覚《さ》ましたマリーは、自分《じぶん》にほどこされた封印《ふういん》が解《と》かれていることに気《き》がついた。

――紙束《かみたば》のひもが、ほどけている。

彼女《かのじょ》は本棚《ほんだな》から抜《ぬ》け出《だ》し、その姿《すがた》を紙切《かみき》れからハムスターへと変化《へんか》させた。

「ふむ……これは、どうしたことだ？」

書庫《しょこ》の中《なか》に、人間《にんげん》の姿《すがた》はない。

誰《だれ》かが自分《じぶん》の封印《ふういん》を解《と》いたわけではなさそうだった。

「ドーブラエウートラ、マリー」

ロシア語《ご》で「おはよう」という意味《いみ》のあいさつが聞《き》こえ、マリーがそちらを向《む》く。

そこに浮《う》かんでいたのは一匹《いっぴき》の紙《かみ》のチョウザメ――「しっとの悪魔《あくま》」ラハブだ。

「我《われ》の封印《ふういん》を解《と》いたのは貴様《きさま》か？　ラハブよ」

マリーはたずねる。

「わたくしめが？　まさか。そんなこと、できるはずもありません」

「ではいったい、なぜ――」

「ごらんなさい」

ラハブに言《い》われ、マリーは本棚《ほんだな》の方《ほう》をふり返《かえ》った。

一枚《いちまい》、そしてもう一枚《いちまい》……紙《かみ》が棚《たな》からすべり落《お》ちていく。

それらはマリーと同《おな》じように、次々《つぎつぎ》に動物《どうぶつ》の姿《すがた》へと変《か》わっていった。

ヤギのジル。

そして、ブタのウラドだ。

「ラハブよ……何《なに》が起《お》こっている？」

「……ブヒ」

とつぜんの出来事《できごと》に、二匹《にひき》ともとまどっているようだ。

「紙《かみ》の悪魔《あくま》たちの封印《ふういん》が、いっせいに解《と》けたようですわね。誰《だれ》の手《て》によるものでもなく、勝手《かって》に」

ラハブがそう説明《せつめい》しても、マリーはすぐには理解《りかい》できなかった。

「そんなことはわかっている。問題《もんだい》なのは、なぜそのようなことが起《お》こったか、ということだ」

「それをわたくしめに聞《き》かれましても……ただ――」

「なんだ？」

「――このようなこと、以前《いぜん》にも起《お》こったことがありませんでしたか？」

そう言《い》われてみれば……。

マリーは自分《じぶん》の過去《かこ》の記憶《きおく》を掘《ほ》り返《かえ》してみた。

「……そう。あれは二十年前《にじゅうねんまえ》だ。今回《こんかい》と同《おな》じように、我《われ》らのひもがなんの前触《まえぶ》れもなく、ほどけたことがあった」

ジルが話《はなし》に加《くわ》わる。

「たしか、あの時《とき》は――町全体《まちぜんたい》に異変《いへん》が起《お》こっていたのではなかったかな？　マリー」

すると今度《こんど》はウラドが騒《さわ》ぎはじめる。

「そうだ。そうだった。『アンロック』だ！　全《すべ》ての鍵《かぎ》が一斉《いっせい》に、その力《ちから》を失《うしな》ったんだ！」

そう……かつて、そのようなことが起《お》きた。

マリーたちにほどこされた封印《ふういん》もいわば、彼女《かのじょ》たちにかけられた「鍵《かぎ》」のようなものだ。

あの不可思議《ふかしぎ》な現象《げんしょう》によって、紙《かみ》の悪魔《あくま》たちの封印《ふういん》も解《と》かれたのだ。

(……それが『あいつら』との出会《であ》いのきっかけでもあったな)

マリーは数名《すうめい》の人間《にんげん》の顔《かお》を思《おも》い浮《う》かべる。

マサキ、キョウコ、それに——。

「つまり、だ。あの時《とき》と同《おな》じことが、また起《お》きたというわけか?」

ジルがラハブにたずねた。

「それはなんとも。あの時《とき》とは、少《すこ》し状況《じょうきょう》がちがうようですし。それに——」

「ブヒィイイ!!」

興奮《こうふん》したウラドが、とつぜん、おたけびをあげた。

「うたげだ! うたげの始《はじ》まりだ!!」

その様子《ようす》を、ジルとラハブが冷《さ》めた目《め》でながめる。

「やれやれ……」

「どうやら今日《きょう》のウラドは、やっかいな方《ほう》の性格《せいかく》が出《で》ているようですわね」

ふだんのウラドは非常《ひじょう》におとなしく、食《た》べ物《もの》と睡眠《すいみん》のことしか考《かんが》えていないような悪魔《あくま》だ。

だが時折《ときおり》、狂暴《きょうぼう》な性格《せいかく》へと変《か》わる時《とき》がある。

彼《かれ》は多重人格《たじゅうじんかく》なのだ。

「『逢魔《おうま》が時《とき》』は来《き》たれり！　さあ今《いま》こそ、外《そと》へと飛《と》び出《だ》そうぞ！」

そう言《い》いながら、ウラドは入《い》り口《ぐち》の扉《とびら》に向《む》かって走《はし》りはじめた。

「あ、ウラド。お待《ま》ち——」

ラハブが言《い》い終《お》える前《まえ》に、ウラドは扉《とびら》に激突《げきとつ》した。

「ブヒィ!!」

扉《とびら》は開《あ》かず、逆《ぎゃく》にウラドの身体《からだ》の方《ほう》がぐしゃりとつぶれてしまった。

「あらあら……ウラド。我々《われわれ》の身体《からだ》は紙製《かみせい》なのですから、あまり無理《むり》はなさらない方《ほう》がよろしいかと」

「なぜだラハブ！　扉《とびら》が開《あ》いていないではないか！　鍵《かぎ》は壊《こわ》れているはずなのに！」

身体《からだ》をブタの姿《すがた》に戻《もど》したあと、ウラドがさけぶ。

「ええ。だから、あの時《とき》とまったく同《おな》じ、というわけではなさそうです」

「解《と》けたのは我《われ》らの封印《ふういん》だけ、というわけか」

「その通《とお》りです、ジル。この書庫《しょこ》の扉《とびら》の鍵《かぎ》はかかったまま……おそらくは外《そと》にある他《ほか》の鍵《かぎ》も同様《どうよう》でしょう」

いずれにせよ外《そと》に出《で》られなければ、何《なに》が起《お》こったのかわからないままだ。

「扉《とびら》を開《あ》ける方法《ほうほう》はないのか？」

マリーは再《ふたた》び、ラハブにたずねる。

「この扉《とびら》が……我々《われわれ》には開《あ》けられないように作《つく》られているのは知《し》っているでしょう？　人間《にんげん》の手《て》によってこの扉《とびら》が開《あ》けられた時《とき》、あるいは人間《にんげん》と『けいやく』した時《とき》——外《そと》に出《で》るには、それしかありません」

ならば……。

「イツキが来《く》るのを待《ま》とう」

マリーはそう、静《しず》かにつぶやいた。

それに対《たい》し、ラハブが冷《つめ》たく言《い》い放《はな》つ。

「イツキ、ねえ……彼《かれ》、もうここへは来《こ》ないんじゃないかしら？」

「そんなことはない。我《われ》はあいつと約束《やくそく》したのだ」

「子供《こども》の言《い》うことを真《ま》に受《う》けるとは、あなたもまだまだ未熟《みじゅく》ですね」

「……」

「現《げん》に、けいやくを解除《かいじょ》して以降《いこう》、彼《かれ》はここに現《あらわ》れていません。外《そと》の世界《せかい》は刺激《しげき》に満《み》ちています。特《とく》にイツキのような子供《こども》にとっては。……きっともう、わたくしたちのことなど忘《わす》れてしまっているのでしょう」

「……来《く》るさ、イツキは」

そう答《こた》えながらも、マリーの身体《からだ》はわずかにふるえていた。

その様子《ようす》をとても楽《たの》しそうに見《み》つめるラハブ。

「まあ彼《かれ》が来《こ》なくても、いずれマサキが掃除《そうじ》でもしにここにやってくるかもしれません。それまでゆっくりと待《ま》ちましょうか」

ジルが書庫《しょこ》を見回《みまわ》したあと、ラハブにたずねる。

「ところで……セイラムの姿《すがた》が見《み》えないようだが？」

「ああ、彼《かれ》ならば――」

ラハブが答《こた》えようとした時《とき》だ。

カチャリ。

鍵《かぎ》の開《あ》く音《おと》が、外《そと》から聞《き》こえてきた。

「！」

悪魔《あくま》たちがいっせいに、扉《とびら》の方《ほう》を向《む》く。

やがて——扉《とびら》はゆっくりと開《ひら》かれていった。

まばゆい日《ひ》の光《ひかり》と共《とも》に、マリーの目《め》に飛《と》び込《こ》んできたのは——。

イツキ。

それにツグミと、キョウコの姿《すがた》もあった。

「イツキ！」

胸《むね》に飛《と》び込《こ》んできたマリーの姿《すがた》を見《み》て、イツキは少《すこ》しとまどっている様子《ようす》だった。

「え……あ、あれ？　なんでもう、封印《ふういん》が解《と》けてるの？」

「そんなことはどうでもいい。なぜ今日《きょう》まで、姿《すがた》を見《み》せなかった！」

「……ゴメン。こっちも、色々《いろいろ》とあったんだ」

そう言《い》いながら、イツキはマリーを静《しず》かに床《ゆか》へと降《お》ろした。

「——そう、色々《いろいろ》と、ね。とにかく今《いま》……ぼくらの学校《がっこう》で、おかしなことが起《お》こっている。君《きみ》たちの助《たす》けが必要《ひつよう》なんだ！」

ジルがイツキに近《ちか》づく。

「どうやら、お互《たが》いに話《はな》すことがありそうだな。ところで――」

ジルは視線《しせん》を、イツキたちの足元《あしもと》に向《む》けた。

「――そいつを、つかまえておいてくれないか？」

ウラドが隙《すき》を見《み》て、扉《とびら》から外《そと》に飛《と》び出《だ》そうとしていた。

そのウラドの身体《からだ》を、キョウコが足《あし》で勢《いきお》いよくふみつける。

「ブギュゥ!!」

ウラドが再《ふたた》び、ぐしゃりとつぶれる。

「貴様《きさま》――ミス・バイオレンスか！」

「……そう呼《よ》ばれるのもずいぶんと久《ひさ》しぶりね……ウラド。あいかわらずのようで」

ラハブが宙《ちゅう》に浮《う》きながら、キョウコの周《まわ》りをくるりと一周《いっしゅう》する。

「マサキと……その息子《むすこ》は、今日《きょう》はいないようですわね」

「ええ。だから今日《きょう》は、私《わたし》が兄《にい》さんの代理《だいり》」

「ほう、それは……頼《たの》もしいことで」

「あなたが言《い》うと、皮肉《ひにく》にしか聞《き》こえないわね。……再会《さいかい》のあいさつはこのくらいにして――」

キョウコがイッキの両肩《りょうかた》に手《て》を乗《の》せる。

「――今《いま》は、この子《こ》の話《はなし》を聞《き》いてあげてちょうだい」

悪魔《あくま》たちは、無言《むごん》でうなずいた。

11話《わ》

「ぼくが通《かよ》っている学校《がっこう》のクラスに、葉月《はづき》マナって子《こ》がいてさ」

イツキがそう切《き》り出《だ》したとたん、悪魔《あくま》たちはお互《たが》いに顔《かお》を見合《みあ》わせた。

「……ハヅキ、だと!?」

「知《し》ってるの？」

そのイツキの問《と》いに対《たい》し、ジルがこう返事《へんじ》をする。

「……いや。苗字《みょうじ》に聞《き》き覚《おぼ》えがあっただけだ。その『マナ』という子《こ》のこと自体《じたい》は知《し》らぬ」

「でも、それなら――」

「今《いま》はその話《はなし》はおいておこう。まずはお前《まえ》たちの周囲《しゅうい》で何《なに》が起《お》こったか、だ」

「……うん」

イツキは話《はなし》を続《つづ》ける。

「その子《こ》の様子《ようす》が最近《さいきん》、少《すこ》しおかしくて――というより、正《ただ》しくは葉月《はづき》さんの周《まわ》りにいる人《ひと》たちが、変《へん》になりはじめたんだ」

「と、いうと？」

「葉月《はづき》さんは、その……元々《もともと》、あまりクラスでは目立《めだ》たない子《こ》だったんだ。だけど、三日前《みっかまえ》くらいからとつぜん、男《おとこ》の子《こ》たちの注目《ちゅうもく》を集《あつ》めはじめて」

「ほう……『みんな』ではなく『男《おとこ》の子《こ》』限定《げんてい》なのだな？」

ジルが非常《ひじょう》に興味深《きょうみぶか》そうに、イツキにたずねる。

「うん。最初《さいしょ》のうちはそれほどでもなかったんだけど、日《ひ》が経《た》つにつれ、だんだんと――」

「ひどくなっていった、と」

「昨日《きのう》はもう『モテている』なんてレベルじゃなくて、もっと……まるで『女王様《じょおうさま》』を相手《あいて》にするみたいにクラスの男子《だんし》たちが葉月《はづき》さんと接《せっ》しはじめたんだ」

ラハブが宙《ちゅう》を泳《およ》ぎ、イツキの目《め》の前《まえ》まで近《ちか》づいてくる。

「いくつか、質問《しつもん》よろしいかしら？」

「――はい、どうぞ」

「そのような状態《じょうたい》では、クラスの女子《じょし》たちも心穏《こころおだ》やかではないでしょう？」

「うん。みんな怒《おこ》ったり、逆《ぎゃく》に怖《こわ》がってたりしてる。男女《だんじょ》のケンカもしょっちゅう……途中《とちゅう》までは先生《せんせい》がなんとか治《おさ》めてたんだけど、昨日《きのう》はもう、その先生《せんせい》までも葉月《はづき》さんの味方《みかた》になっちゃってさ」

「ちなみに、その教師《きょうし》の性別《せいべつ》は？」

「……男《おとこ》の先生《せんせい》だよ。わりと若《わか》くて、女子《じょし》たちにはけっこう人気《にんき》があるみたい。その先生《せんせい》がろこつに葉月《はづき》さんをひいきするもんだから、ますますクラスが混乱《こんらん》しちゃって」

「――なるほど。では、もう一《ひと》つ。教師《きょうし》もふくめて、クラスの男性《だんせい》『全員《ぜんいん》』が、その子《こ》のとりこになってしまったのですか？」

「うん、そうだよ」

「では……あなたはどうなのですか？　イツキ」

「ぼくは……ちがう。うん、そこなんだ。男子《だんし》で唯一《ゆいいつ》、ぼくだけなんともないってのが、また不《ふ》思議《しぎ》でさ。それで――」

イツキはツグミの方《ほう》を見《み》た。

「――昨日《きのう》の昼休《ひるやす》み、思《おも》い切《き》ってツグミさんに相談《そうだん》しに行《い》ったんだ。どう考《かんが》えてもふつうの出来《でき》事《ごと》じゃなかったし、もしかしたら……『悪魔《あくま》』とか、そういったものが関《かか》わっているかもしれないって思《おも》って」

「ここからは、私《わたし》が話《はな》すわね」

ツグミが一歩《いっぽ》、前《まえ》に出《で》た。

「彼《かれ》から相談《そうだん》を受《う》けた時《とき》、最初《さいしょ》は半信半疑《はんしんはんぎ》だったわ。だって――もし『悪魔《あくま》』が関《かか》わっているとした場合《ばあい》、イツキならすぐ気《き》がつけるはずだもの。彼《かれ》は私《わたし》と同《おな》じように、その『気配《けはい》』を感《かん》じ取《と》れるから。夏休《なつやす》みの時《とき》、弁護士《べんごし》が悪魔《あくま》とけいやくしていたのを見破《みやぶ》ったようにね」

「……」

悪魔《あくま》たちは黙《だま》って、ツグミの話《はなし》に聞《き》き入《い》っている。

「でも、実際《じっさい》に彼《かれ》のクラスに行《い》ってみたら……あの眼鏡《めがね》の子《こ》から、たしかに感《かん》じたの。いわゆる、悪魔的《あくまてき》なモノの『気配《けはい》』を。……でも、やっぱりわからない。なぜイツキの方《ほう》は、彼女《かのじょ》に宿《やど》る『気配《けはい》』に気《き》がつけなかったのか」

「それは、大《たい》して難《むずか》しい話《はなし》でもない」

マリーがツグミを見上《みあ》げる。

「イツキはすでに、我《われ》との『けいやく』を解除《かいじょ》している。もはや貴様《きさま》たちの言《い》う『気配《けはい》』を感《かん》じ取《と》る能力《のうりょく》を有《ゆう》していないのだ」

「でも、今《いま》だってイツキにはマリーちゃんたちの姿《すがた》が見《み》えているし、会話《かいわ》もできているわよね？」

「それはけいやくの有無《うむ》とは関係《かんけい》ない。我《われ》らの場合《ばあい》は『紙《かみ》』だが――とにかく『何《なに》か』に宿《やど》っている悪魔《あくま》ならば、人《ひと》が見《み》たり話《はな》したりすることは可能《かのう》だ」

「なるほど……そういうことね」

「貴様《きさま》と共《とも》にある、あの式神《しきがみ》……トモゾウとか言《い》ったか？　奴《やつ》もまた紙《かみ》を『よりしろ』としているが、我《われ》らとちがって紙自体《かみじたい》が変化《へんか》しているわけではない。だからおそらくその真《しん》の姿《すがた》も、今《いま》のイツキには見《み》えなくなっていることだろう。――で、そのあと、貴様《きさま》たちはどうしたのだ？」

「……特《とく》に何《なに》も。もし彼女《かのじょ》が、イツキや弁護士《べんごし》と同《おな》じように紙《かみ》の悪魔《あくま》とけいやくしているとして……確証《かくしょう》もないのに、急《きゅう》に物語《ものがたり》を書《か》いてけいやく解除《かいじょ》して！　なんて言《い》えないでしょう？　他《ほか》にけいやくを解除《かいじょ》する方法《ほうほう》も、私《わたし》にはわからないし」

「陰陽師《おんみょうじ》のくせに、悪魔《あくま》ばらいもできんのか？」

「前《まえ》にも言《い》ったでしょ？　私《わたし》は正式《せいしき》な陰陽師《おんみょうじ》ではないって。……悪魔《あくま》ばらいなんてできるなら、とっくにイツキの時《とき》にやってるわ」

「……なるほどな。それで、我々《われわれ》の元《もと》に相談《そうだん》しに来《き》た、というわけか」

マリーはジルの近《ちか》くへと駆《か》けよった。

「どう思《おも》う？　ジル」

「……」

「今《いま》、イツキたちが話《はな》した内容《ないよう》――『しきよく』の力《ちから》に相違《そうい》ないように、我《われ》には思《おも》えたが」

「……たしかに。異性《いせい》の心《こころ》をつかみ、思《おも》うままにする。それはまさに、かつて我《われ》が有《ゆう》していた力《ちから》に他《ほか》ならない」

イツキとツグミの視線《しせん》が、同時《どうじ》にジルの方《ほう》を向《む》く。

「じゃあ……葉月《はづき》さんとけいやくした悪魔《あくま》の正体《しょうたい》は――ジルってこと!?」

「落《お》ち着《つ》くのだ、イツキよ……もしそうなら、我《われ》がこの場《ば》にいるはずもない。悪魔《あくま》は常《つね》に、けいやく者《しゃ》のそばにいなければならぬのだからな」

「それも……そうだよね」

「さらに言《い》えば、今《いま》の我《われ》は『紙《かみ》の悪魔《あくま》』に過《す》ぎない。そこまでの強大《きょうだい》な力《ちから》を発揮《はっき》することはできんのだ」

「なら、葉月《はづき》さんがああなっている理由《りゆう》は――」

「わからんが……心当《こころあ》たりがないわけでもない」

母《かあ》さんにふまれたままでいたウラドが、また騒《さわ》ぎはじめた。

「『逢魔《おうま》が時《とき》』だよ！　『クロックワーク・デーモン』たちが再《ふたた》び、活動《かつどう》を始《はじ》めたのさ！」

「『クロックワーク・デーモン』？」

イツキがウラドにたずねる。

「それってなんなの？　ウラド」

「いけ好《す》かないガキどもさ！　人間《にんげん》どもがおれらをまねて作《つく》った、ブリキのおもちゃだ！」

母《かあ》さんがウラドをつかみあげながら、ラハブにたずねる。

「でも……二十年前《にじゅうねんまえ》には、そんな能力《のうりょく》を使《つか》う奴《やつ》はいなかったわよね？」

「──あなたたちが倒《たお》した『クロックワーク・デーモン』はおよそ十体《じったい》。それで全《すべ》てだったとは限《かぎ》りません。生《い》き残《のこ》りがいたか、あるいはまた新《あら》たに作《つく》られた者《もの》なのか──」

「ちょ、ちょっと待《ま》って!?」

イツキは母《かあ》さんとラハブの間《あいだ》に割《わ》って入《はい》る。

「話《はなし》がよくわからないんだけど……母《かあ》さん、昔《むかし》、何《なに》があったのさ!?」

伯父《おじ》さんの妹《いもうと》である以上《いじょう》、母《かあ》さんが悪魔《あくま》について知《し》っていたのはそこまで驚《おどろ》くべきことでもなかった。現《げん》に今《いま》、こうして自然《しぜん》にマリーたちとの会話《かいわ》に加《くわ》わっている。

でも、今《いま》の話《はなし》を聞《き》く限《かぎ》り──キョウコはイツキが思《おも》っていた以上《いじょう》に、それらに深《ふか》く関《かか》わっていたようだ。

「そうそう──改《あらた》めてお聞《き》きしたいのですが」

ラハブはイッキを無視《むし》して、母《かあ》さんに近《ちか》づく。

「なぜ、マサキではなくあなたがここに？　先《さき》ほど『代理《だいり》』とおっしゃっていましたが」

「ええ。兄《にい》さんは今《いま》、旅行中《りょこうちゅう》なのよ。それで私《わたし》が、代《か》わりにこのマンションの管理《かんり》をしているんだけど……そこへこの二人《ふたり》が、とつぜん現《あらわ》れてね」

キョウコはイツキ、次《つぎ》にツグミを見《み》たあと、ラハブへと視線《しせん》を戻《もど》した。

「『秘密《ひみつ》の書庫《しょこ》を開《あ》けてほしい』なんて頼《たの》み込《こ》んでくるもんだから、ピンと来《き》たの。ああ、これは何《なに》かあったな、って。『逢魔《おうま》が時《とき》』の再来《さいらい》については、兄《にい》さんから聞《き》いていたしね」

「しかしイツキの様子《ようす》を見《み》ると、二十年前《にじゅうねんまえ》のあのことについてはまだ話《はな》していないようですね」

「それはいずれ。今《いま》は目《め》の前《まえ》の事件《じけん》の解決《かいけつ》が先《さき》よ——あなたたちでとか、できないかしら？」

「ふうむ……」

ラハブはその場《ば》で回転《かいてん》しながら、何《なに》かを考《かんが》えている様子《ようす》だった。

「……冷静《れいせい》に考《かんが》えて、ここにいる者《もの》たちだけでは難《むずか》しいでしょう。あなたも知《し》っての通《とお》り、我《われ》らは力《ちから》を失《うしな》った『紙《かみ》の悪魔《あくま》』に過《す》ぎません。『クロックワーク・デーモン』にまともに立《た》ち向《む》かっても、とてもかなわないかと」

ラハブがツグミに近《ちか》づく。

「次《つぎ》に思《おも》いつくのが、この娘《むすめ》の持《も》つ式神《しきがみ》の力《ちから》を借《か》りること。……だが残念《ざんねん》なことにそれもまた、未熟《みじゅく》なようです。そうなると――」

今度《こんど》はイツキに近《ちか》づき、尾《お》ひれで器用《きよう》にイツキの胸《むね》をちょんと小突《こづ》く。

「――この子《こ》の『書《か》き手《て》』としての力《ちから》を使《つか》う。マサキもどうやら、それを考《かんが》えていたようですしね」

「でも、それは――」

「わかっていますよ、キョウコ。それは非常《ひじょう》に危険《きけん》な賭《か》けになります。彼《かれ》はまだ、一《ひと》つしか物語《ものがたり》を書《か》きあげていない。『書《か》き手《て》』としての経験《けいけん》が足《た》りません。へたに『クロックワーク・デーモン』に手《て》を出《だ》せば、逆《ぎゃく》に奴《やつ》らに取《と》り込《こ》まれてしまう可能性《かのうせい》だってあるでしょう」

「じゃあ……お手上《てあ》げってわけ？」

「……マサキは、戻《もど》ってはこられないのですか？」

母《かあ》さんは首《くび》を横《よこ》にふる。

「さっき電話《でんわ》してみたんだけど……つながらないのよ。メールもしたけど、届《とど》いているかどうか」

「あいかわらず、肝心《かんじん》な時《とき》に頼《たよ》りにならない男《おとこ》ですねえ……」

「それは同感《どうかん》。兄《にい》さんの帰《かえ》りを待《ま》ってもいいけど、できればことが大《おお》きくなる前《まえ》に片《かた》を付《つ》けたい。その――マナちゃんって子《こ》のためにもね」

「ならば……考《かんが》えられる方法《ほうほう》は、残《のこ》り一《ひと》つ」

ラハブは母《かあ》さんをじっと見《み》つめながら、こう言《い》った。

「もう一人《ひとり》の『書《か》き手《て》』――カヨコに頼《たよ》るしか、ないでしょう」

「――やっぱり、それしかないか」

母《かあ》さんは大《おお》きく、ため息《いき》をついた。

「あとで兄《にい》さんに怒《おこ》られそうだけど。……でもまあ、イツキの話《はなし》を聞《き》く限《かぎ》りではハルトくんも巻《ま》き込《こ》まれているみたいだし。彼女《かのじょ》に言《い》わないわけにもいかないわよね」

イツキはきょとんとしながら、母《かあ》さんとラハブの会話《かいわ》を聞《き》いていた。

「書《か》き手《て》」「逢魔《おうま》が時《とき》」そして「クロックワーク・デーモン」……わけのわからないことばかりだ。

「ちょっと電話《でんわ》してくる」

イツキが質問《しつもん》する前《まえ》に、母《かあ》さんは携帯電話《けいたいでんわ》を手《て》に書庫《しょこ》の外《そと》へと出《で》ていってしまった。

代《か》わりにマリーが、イツキにたずねてくる。

「そういえばハルトは今《いま》、どこにいるのだ？」

「……本当《ほんとう》なら、一緒《いっしょ》にここに来《く》るはずだったんだけどね」

そもそもイツキを今日《きょう》、ここへ呼《よ》んだのはハルトだったのだ。

「あいつ、ぼくとの約束《やくそく》も忘《わす》れてどこかへ出《で》かけちゃったんだ」

「……おそらく、そのマナとかいう娘《むすめ》の家《いえ》だろうな。――『カエルの子《こ》はカエル』とはいかないか。マサキが奴《やつ》ではなく、貴様《きさま》を『書《か》き手《て》』に選《えら》んだのも納得《なっとく》だ」

「その……『書《か》き手《て》』って、いったいなんなの？」

「それは我《われ》ではなく、カヨコから聞《き》いた方《ほう》がいいだろう」

「『カヨコ』って……ハルトのお母《かあ》さんの名前《なまえ》だよね？」

「うむ。マサキとは別《わか》れたようだがな」

ツグミが、マリーの身体《からだ》をちょんと指《ゆび》で叩《たた》いた。

「マリーちゃん。私《わたし》からも質問《しつもん》、いい？」

「なんだ？」

「……セイラム、いなくない？」

「――うむ、我《われ》もそれは気《き》になっていたところだ」

マリーがラハブの方《ほう》を向《む》く。

つられてイツキとツグミも、彼女《かのじょ》を見《み》た。

マリーは宙《ちゅう》に浮《う》かぶラハブを見上《みあ》げながら、話《はな》しかけた。

「奴《やつ》はどこにいるのだ？　ラハブよ」

「さあ？　どこでしょうかね？」

「知《し》らないのか？」

「そもそも彼《かれ》はあの日以来《ひいらい》、ここに戻《もど》ってきていませんし」

「あの日《ひ》？」

「あなたとイツキが、けいやく解除《かいじょ》した日《ひ》ですよ」

「なんだと!?　ならば――」

そこで母《かあ》さんが、書庫《しょこ》へと戻《もど》ってきた。

「お待《ま》たせ。――カヨコさん、明日《あした》なら会《あ》えるって」

12話《わ》

イツキの家《いえ》から、車《くるま》で一時間《いちじかん》ほど。

鶴黄市《つるきし》から離《はな》れ県境《けんざかい》を越《こ》えた先《さき》に、カヨコさんの暮《く》らす丸尾市《まるおし》はある。

車《くるま》を運転《うんてん》しているのは母《かあ》さんだ。彼女《かのじょ》は免許《めんきょ》を持《も》っているものの、ふだんは運転《うんてん》をしない。

今日《きょう》は父《とう》さんが休《やす》みということもあってその車《くるま》を借《か》りているのだが、慣《な》れていないせいか少《すこ》し運《うん》転《てん》が危《あぶ》なっかしい。

「大丈夫《だいじょうぶ》。安全運転《あんぜんうんてん》で行《い》くから」

軽《かる》く冷《ひ》や汗《あせ》を流《なが》しながらも、母《かあ》さんは後部座席《こうぶざせき》にいるイツキとツグミにそう言《い》った。

「フォフォフォ、そう願《ねが》いたいものですな」

二人《ふたり》の代《か》わりにそう答《こた》えたのは、ツグミのひざの上《うえ》に寝《ね》そべっていた一匹《いっぴき》の子犬《こいぬ》だった。

——正《ただ》しく言《い》えば、それは紙《かみ》で作《つく》られたオオカミである。

ツグミの式神《しきがみ》である、トモゾウだ。

マリーとのけいやくを解除《かいじょ》したイツキには、もはやその姿《すがた》を見《み》ることができなくなっていた。

そこでツグミは機転《きてん》をきかせ、式札《しきふだ》に使《つか》われている紙《かみ》を使《つか》ってこのオオカミの身体《からだ》を作《つく》り上《あ》げたというわけだ。

「器用《きよう》なんだね、ツグミさんって」

イツキがそう言《い》うと、ツグミは少《すこ》し照《て》れながら答《こた》える。

「これもまた、陰陽師《おんみょうじ》に伝《つた》わる技術《ぎじゅつ》なの。人《ひと》は見《み》えないモノに対《たい》して、理由《りゆう》のない恐《おそ》れを抱《いだ》く。だから時《とき》には、こうやってわかりやすい姿《すがた》で民《たみ》に式神《しきがみ》の姿《すがた》を示《しめ》す必要《ひつよう》があったらしいわ」

「へえ……」

イツキは感心《かんしん》したあと、次《つぎ》にツグミに向《む》かって軽《かる》く頭《あたま》を下《さ》げた。

「ごめんなさい。なんだか面倒《めんどう》なことに巻《ま》き込《こ》んでしまって」

「かまわないわ。自分《じぶん》の通《かよ》っている学校《がっこう》の危機《きき》でもあるし、個人的《こじんてき》に色々《いろいろ》と興味《きょうみ》もあるから。

——『クロックワーク・デーモン』、それに……これから会《あ》う『須藤《すどう》カヨコ』さんのことも」

マサキ伯父《おじ》さんとはリコンしたので、カヨコさんは現在《げんざい》『時任《ときとう》』ではなくて旧姓《きゅうせい》の『須藤《すどう》』を使《つか》っているそうだ。

「『須藤《すどう》カヨコ』さん……どこかで聞《き》いたことのある名前《なまえ》だと思《おも》っていたけど、昨日《きのう》の夜《よる》にようやく思《おも》い出《だ》したの。有名《ゆうめい》なIT系《けい》ベンチャー企業《きぎょう》の社長《しゃちょう》さんよ」

「ITって——」

「簡単《かんたん》に言《い》えば、インターネットとかそこら辺《へん》の通信技術《つうしんぎじゅつ》をあつかう会社《かいしゃ》みたいね。うちの——パパの会社《かいしゃ》とも少《すこ》し、付《つ》き合《あ》いがあるみたい。ソーシャルゲーム版《ばん》の『マスター・オブ・ザ・デーモン』の開発《かいはつ》に関《かか》わったりしているらしいわ」

ハルトがネット関係《かんけい》に詳《くわ》しいのは、もしかしたらそんな母親《ははおや》からの影響《えいきょう》があるのかもしれない。

……いや、関係《かんけい》ないかもしれないけど。

カヨコさんがハルトたちと離《はな》れて暮《く》らすようになってからも、母《かあ》さんはカヨコさんと時々《ときどき》、連《れん》絡《らく》を取《と》り合《あ》っていたようだ。

母《かあ》さんはイツキが体験《たいけん》したあの夏休《なつやす》みの出来事《できごと》――マリーたちと出会《であ》った時《とき》のこと――を、カヨコさんから聞《き》いて知《し》ったのだという。

……問題《もんだい》は、なぜイツキたちから遠《とお》く離《はな》れて暮《く》らしているカヨコさんが、それを知《し》っていたのか？　ということだった。

「カヨコさんね……ハルトくんとはネット上《じょう》のチャットで、連絡《れんらく》を取《と》り合《あ》っていたみたい」

昨日《きのう》の夜《よる》、母《かあ》さんはそう、イツキに説明《せつめい》してくれた。

イツキが悪魔《あくま》とけいやくしたことに気《き》がついたハルトは、「レオン」というハンドルネームを使《つか》って、悪魔《あくま》に関《かん》する専門家《せんもんか》である「エルルカ」にそのことを相談《そうだん》していたらしい。

その「エルルカ」こそがハルトの母親《ははおや》である――カヨコさんだったわけだ。

カヨコさんを通《とお》して、母《かあ》さんにはぼくの行動《こうどう》が筒抜《つつぬ》けだったらしい。

誰《だれ》よりも信頼《しんらい》できて、身近《みぢか》な専門家《せんもんか》である母親《ははおや》に相談《そうだん》を持《も》ち掛《か》けたハルトも、まさか母親経由《ははおやけいゆ》でぼくの母《かあ》さんにまで話《はなし》がモレてしまうとは思《おも》わなかっただろう。女子《じょし》のネットワーク、おそるべし、だ。

このことをふくめて、親《おや》に隠《かく》しごとをし続《つづ》けるのは難《むずか》しいと、イツキは改《あらた》めて思《おも》い知《し》った。

……結局《けっきょく》、イツキが転校《てんこう》することになったのも、それが原因《げんいん》だったのだ。

到着《とうちゃく》したのはカヨコさんの家《いえ》……ではなく、彼女《かのじょ》の経営《けいえい》する会社《かいしゃ》のビルだった。

正門前《せいもんまえ》には大《おお》きく「マルオ・スレッドコミュニケーションズ」と書《か》かれている。

駐車場《ちゅうしゃじょう》に車《くるま》を停《と》めたあと、その中《なか》にいた全員《ぜんいん》が外《そと》に出《で》た。

「さ、行《い》きましょうか」

「そうだね」

「ええ」

「フォフォフォフォ」

「うむ！」

……あれ？

……なんか今《いま》、一人多《ひとりおお》くなかったか？

イツキは全員《ぜんいん》を見回《みまわ》す。

車《くるま》に乗《の》っていたのは、三人《さんにん》と一匹《いっぴき》だったはずだ。

イツキ……。

ツグミ……。

母《かあ》さん……。

トモゾウ……。

それに……マリー!?

「なんでマリーがここにいるのさ!?」

いつのまにかイツキの肩《かた》に乗《の》っていたマリーを見《み》つけて、思《おも》わずさけんだ。

「何《なに》か問題《もんだい》でもあるか？」

「大《おお》ありだよ！　勝手《かって》に出《で》てきちゃだめじゃないか！」

「もはや封印《ふういん》の力《ちから》は失《うしな》われている……ならば、

あそこに閉《と》じこもっている必要《ひつよう》もあるまい」

「だからって――どうやって、あそこから出《で》てきたのさ？」

「ふっふっふ。それは……秘密《ひみつ》だ」

しかし母《かあ》さんには、何《なに》か思《おも》いあたるふしがあるようだった。

「――通気用《つうきよう》のダクトね」

「さすがはキョウコ。察《さっ》しがいいな」

「そちらこそ。さすがはネズミね」

「ネズミではない！　ハムスターだ‼」

そういえば最初《さいしょ》にイツキがマリーと出会《であ》ったあと、どうやって彼女《かのじょ》が書庫《しょこ》から出《で》たのかずっと謎《なぞ》だった。

その謎《なぞ》が今《いま》、解《と》けたわけだが――とにかく今《いま》さら、戻《もど》るわけにもいかない。

マリーも一緒《いっしょ》に連《つ》れていくしかなさそうだった。

会社《かいしゃ》の十二階《じゅうにかい》、社長室《しゃちょうしつ》へと通《とお》された三人《さんにん》と二匹《にひき》は、やたら大《おお》きなソファに腰《こし》かけながらカヨコさんが来《く》るのを待《ま》っていた。

やがて、すらりとした体型《たいけい》の和服美人《わふくびじん》が、イツキたちの前《まえ》に現《あらわ》れる。

「遅《おそ》くなってごめんなさいね」

「こちらこそ……仕事中《しごとちゅう》なのにすみません」

「日曜《にちよう》くらい、休《やす》みにしたいのだけど……そうもいかなくてね」

母《かあ》さんと会話《かいわ》を交《か》わしたあと、和服《わふく》の女性《じょせい》はイツキたちの向《む》かいのソファに腰《こし》かけた。

「初《はじ》めまして——須藤《すどう》カヨコです」

そして、イツキを見《み》る。

「君《きみ》がイツキくん」

「は、はい」

「ハルトが何《なに》かと、世話《せわ》になっているみたいね」

「いや、そんなこと……どちらかというと、ぼくの方《ほう》が世話《せわ》になっている感《かん》じで」

それからカヨコさんは、ツグミとその横《よこ》にい

るトモゾウの方《ほう》を向《む》いた。

「ツグミちゃんも、ずいぶんと大《おお》きくなったわね」

「？　私《わたし》のこと、ご存《ぞん》じなんですか？」

「会《あ》ったのはあなたがまだ赤《あか》ちゃんだったころだから、覚《おぼ》えてないかな？」

「わしは覚《おぼ》えておるぞ。久《ひさ》しいな、カヨコよ」

「あらあら、今日《きょう》のトモゾウは、ずいぶんとかわいらしい姿《すがた》なのね、ふふふ――それから」

今度《こんど》は、ソファのはしっこにちょこんと座《すわ》っているマリーに視線《しせん》をうつした。

「――あなたまで来《く》るとは思《おも》ってもいなかったわ、マリー。もうイツキくんとのけいやくは解除《かいじょ》されたのよね？」

「いかにも。だが、我自身《われじしん》がどうしようと、それは我《われ》の自由《じゆう》だ」

「それはまあ、そうかもしれないけど……」

カヨコさんは母《かあ》さんの方《ほう》を、チラリと見《み》た。

「電話《でんわ》でも話《はな》しましたが……どうやら『逢魔《おうま》が時《とき》』の影響《えいきょう》で、彼女《かのじょ》たちの封印《ふういん》が解《と》けてしまったようです」

「そうみたいね――でも、まだ二十年前《にじゅうねんまえ》のような深刻《しんこく》な事態《じたい》になっていないだけ、良《よ》しとするべきかしら」

ツグミが手《て》をあげた。

「あ、あの……さっそくですけど、一《ひと》つ質問《しつもん》、いいですか？」

「どうぞ」

「――『クロックワーク・デーモン』って、いったい、何者《なにもの》なんですか？」

「そうね……あなたには『妖魔《ようま》』と言《い》った方《ほう》が、わかりやすいかもしれない」

「あ、それなら知《し》ってます。陰陽師《おんみょうじ》が代々《だいだい》、戦《たたか》ってきた相手《あいて》――」

「そう、それが『妖魔《ようま》』。彼《かれ》らは動物《どうぶつ》の姿《すがた》で人《ひと》の前《まえ》に現《あらわ》れ、ある時《とき》は幸福《こうふく》を、またある時《とき》は不幸《ふこう》を人間《にんげん》にもたらしてきた」

今度《こんど》はイツキが、カヨコさんにたずねる。

「動物《どうぶつ》……それって紙《かみ》の悪魔《あくま》や、式神《しきがみ》たちとも同《おな》じですよね」

「ええ。だから彼《かれ》らはときおり、妖魔《ようま》と同一《どういつ》の存在《そんざい》に見《み》られることもあった。式神《しきがみ》をあやつる陰《おん》陽師《みょうじ》ですら、そのちがいがわからない者《もの》もいたみたい」

「そのせいで、我《われ》らは陰陽師《おんみょうじ》に封印《ふういん》されたのだ！」

マリーが怒《いか》りのこもった口調《くちょう》で、そうさけんだ。

——実際《じっさい》のところ「妖魔《ようま》」と「悪魔《あくま》」とのちがいとは、なんなのだろうか？

それをイツキがたずねると、カヨコさんは微笑《ほほえ》みながら、こう返《かえ》してきた。

「悪魔《あくま》は『人《ひと》を創《つく》りし存在《そんざい》』、それに対《たい》して妖魔《ようま》は『人《ひと》に創《つく》られし存在《そんざい》』——そのちがいね」

「？」

「少《すこ》し難《むずか》しかったかしら？　……マリーたちのこと、私《わたし》たちは『悪魔《あくま》』と呼《よ》んでいるし、彼女《かのじょ》たち自身《じしん》もそう自称《じしょう》しているけれど……本来《ほんらい》の定義《ていぎ》では、彼女《かのじょ》たちはより『神《かみ》』の方《ほう》に近《ちか》い存在《そんざい》だとも言《い》えるの」

「神《かみ》……」

「くだけた言《い》い方《かた》をすれば『落《お》ちこぼれの神《かみ》』ってところかしらね。神《かみ》と同等《どうとう》でありながら、神《かみ》になれなかった者《もの》たち。それが『悪魔《あくま》』——まあ、この辺《あた》りの話《はなし》はきりがないから、このへんにしておきましょうか」

「じゃあ『妖魔《ようま》』の方《ほう》は——」

「人《ひと》の『夢《ゆめ》』あるいは『欲望《よくぼう》』……そういったものが具現化《ぐげんか》した存在《そんざい》。上手《じょうず》にあつかえば式神《しきがみ》のように人《ひと》の役《やく》に立《た》つこともあるけれど、制御《せいぎょ》できなくなった『妖魔《ようま》』は——人《ひと》の思《おも》いを暴走《ぼうそう》させ、世《よ》に害《がい》をなす存在《そんざい》となる」

カヨコは立《た》ち上《あ》がり、トモゾウの頭《あたま》を軽《かる》くなでた。

「妖魔《ようま》に対抗《たいこう》するため、陰陽師《おんみょうじ》たちは同等《どうとう》の力《ちから》を持《も》った式神《しきがみ》たちを使《つか》うことにした。昔《むかし》はそれで良《よ》かったのだけれど、時《とき》を経《へ》るにつれ、陰陽師《おんみょうじ》の力《ちから》を持《も》つ者《もの》はしだいに減《へ》っていき――今《いま》では妖《よう》魔《ま》を倒《たお》す手段《しゅだん》は、ほぼ失《うしな》われているわ」

「……」

「でも、それは大《たい》した問題《もんだい》にはならないはずなの。陰陽師《おんみょうじ》の働《はたら》きによって、妖魔《ようま》の方《ほう》もそのほとんどが滅《ほろ》び、残《のこ》った者《もの》もねむりについた……けれど、その妖魔《ようま》の残党《ざんとう》がときおり、目《め》を覚《さ》ます時《とき》がある。それが――『逢魔《おうま》が時《とき》』」

「『逢魔《おうま》が時《とき》』って……本来《ほんらい》は夕暮《ゆうぐ》れ時《どき》のことを言《い》うんですよね？」

「ええ、そうよ。イツキくん、博識《はくしき》なのね」

母《かあ》さんがイツキの肩《かた》を軽《かる》く小突《こづ》く。

「この子《こ》、昔《むかし》から本《ほん》を読《よ》むのが好《す》きだから」

「いいことだわ。ハルトはその辺《へん》、全然《ぜんぜん》だったから……話《はなし》を戻《もど》しましょうか。『逢魔《おうま》が時《とき》』――たしかにイツキくんの言《い》う通《とお》り、黄昏時《たそがれどき》をさす言葉《ことば》でもあるのだけれど……もう一《ひと》つ、文字通《もじどお》りに『魔《ま》に出会《であ》う時《とき》』という意味《いみ》もある。君《きみ》たちの暮《く》らす町《まち》――鶴黄市《つるきし》の場合《ばあい》、それはおよそ百年《ひゃくねん》に一度《いちど》の割合《わりあい》で訪《おとず》れる、とされているわ」

「百年《ひゃくねん》……」

「もちろん、微妙《びみょう》なずれは生《しょう》じるのだけれど。最後《さいご》に鶴黄市《つるきし》でそれが起《お》こったのが、今《いま》から二十年前《にじゅうねんまえ》。その始《はじ》まりは、町中《まちじゅう》の鍵《かぎ》が壊《こわ》れ、動物園《どうぶつえん》からクマが脱走《だっそう》したことだった」

「『メータ脱走事件《だっそうじけん》』ですね」

「その通《とお》り。それからあの町《まち》では、色々《いろいろ》な事件《じけん》が起《お》こってね。最終的《さいしゅうてき》にそれを解決《かいけつ》したのが、私《わたし》やキョウコ、ツグミちゃんのお父《とう》さんをふくむ、何人《なんにん》かの仲間《なかま》たちだったの」

「マサキ伯父《おじ》さんも、そのメンバーの一人《ひとり》だったんですよね？」

「ええ……そうね。仲間《なかま》の中《なか》でも、妖魔《ようま》を直接倒《ちょくせつたお》せることのできるのは三人《さんにん》だけだったわ。そのうちの一人《ひとり》が、まず陰陽師《おんみょうじ》の血《ち》を引《ひ》いていたアスマさん」

ツグミが身《み》を乗《の》り出《だ》す。

「私《わたし》のパパですね」

「ツグミちゃんのお父《とう》さん、今《いま》でもそうだけど、当時《とうじ》からイケメンでね。女子《じょし》にモテモテだったわ。それに対《たい》して……マサキは、正直言《しょうじきい》って、さえない高校生《こうこうせい》だったわね。キョウコの前《まえ》でこんなことを言《い》うのも、気《き》が引《ひ》けるけど」

「いえいえ……まあ、事実《じじつ》ですから」

そのさえないマサキ伯父《おじ》さんとカヨコさんが、どうして結婚《けっこん》することになったのか……聞《き》いてみたいところではあったが、イツキは空気《くうき》を読《よ》んで言葉《ことば》を飲《の》みこんだ。

「でも――」

カヨコさんが話《はなし》を続《つづ》ける。

「結局《けっきょく》のところ、一番多《いちばんおお》くの妖魔《ようま》を倒《たお》したのが、マサキだったわ」

「でも、陰陽師《おんみょうじ》でない伯父《おじ》さんが、どうやって妖魔《ようま》を倒《たお》したんですか？」

その問《と》いに対《たい》し、カヨコさんはイツキの目《め》をじっと見《み》つめながらこう答《こた》えた。

「彼《かれ》、それに私《わたし》は――『書《か》き手《て》』だったから」

「その……『書《か》き手《て》』って、なんなんでしょうか？」

「……陰陽師《おんみょうじ》は『式神《しきがみ》』を使《つか》って妖魔《ようま》と戦《たたか》った……それとは別《べつ》に『悪魔《あくま》』を管理《かんり》し、その力《ちから》を借《か》りることによって代々《だいだい》、妖魔《ようま》に対抗《たいこう》してきた一族《いちぞく》がいたの。それが――『時任家《ときとうけ》』」

伯父《おじ》さん、それにハルトの苗字《みょうじ》だ。

「キョウコや、その息子《むすこ》であるイツキくんにも、その一族《いちぞく》の血《ち》が流《なが》れている、ってことになるわね」

「まあ私《わたし》には、その才能《さいのう》はなかったみたいだけどねー」

そう言《い》いながら、母《かあ》さんが小《ちい》さく笑《わら》った。

そしてすぐに、真顔《まがお》に戻《もど》る。

「カヨコさん。あなたは、時任家《ときとうけ》の人間《にんげん》でなかったのにもかかわらず『書き手《かきて》』の力《ちから》を持《も》つことができた例外中《れいがいちゅう》の例外《れいがい》。……だからこそ、頼《たの》みたいことがあるの」

「……何《なに》かしら？」

「イツキたちの通《かよ》う学校《がっこう》で起《お》こっていることは、昨日電話《きのうでんわ》で話《はな》しましたよね。おそらく……妖魔《ようま》が関《かか》わっているのは、まずまちがいないと思《おも》います」

「そうでしょうね」

「カヨコさんの力《ちから》で――その妖魔《ようま》を、倒《たお》してはもらえないでしょうか？」

カヨコさんはしばらく、目《め》を閉《と》じて黙《だま》り込《こ》んだあと――。

静《しず》かに、こう答《こた》えた。

「――お断《ことわ》りします」

「!?　どうして……この件《けん》には、ハルトくんも巻《ま》き込《こ》まれて――」

「わかっています。でも……だからといって、私《わたし》にはどうすることもできないの」

「なぜ……ですか？」

「……マサキと最近《さいきん》も会《あ》っているなら……あなたも、薄々《うすうす》は感《かん》づいているんじゃない？」

「……」

母《かあ》さんはそれ以上《いじょう》、何《なに》も言《い》わずに黙《だま》りこくってしまった。

「そう……私《わたし》とマサキには、もう残《のこ》っていないのよ——『書《か》き手《て》』としての、力《ちから》は」

13話《わ》

帰《かえ》りの車内《しゃない》に、重《おも》い雰囲気《ふんいき》が流《なが》れる。

母《かあ》さんは明《あき》らかに気落《きお》ちしている様子《ようす》だった。

カヨコさんなら、イツキを危険《きけん》な目《め》にあわせずに解決《かいけつ》する方法《ほうほう》を教《おし》えてくれる——そう、どこかで期待《きたい》していたのだろう。

「——ぼくがやるしか、ないみたいだね」

そう言《い》ったイツキのひざの上《うえ》には、少《すこ》し黄《き》ばんでいる紙《かみ》の束《たば》が置《お》かれていた。

カヨコさんからもらった物《もの》だ。

「カヨコさんはああ言《い》っていたけど……」

母《かあ》さんは運転《うんてん》しながら、イツキたちの方《ほう》を見《み》ずに答《こた》えた。

「兄《にい》さんの帰《かえ》りを待《ま》ってもいいし、それまで他《ほか》の方法《ほうほう》を考《かんが》えるって手《て》もある」

「でも、もしカヨコさんの言《い》った通《とお》り、伯父《おじ》さんがもう『書《か》き手《て》』じゃないとしたら……伯父《おじ》さんが帰《かえ》ってきたところで、解決《かいけつ》できるとは限《かぎ》らないよ」

それに――。

あまり時間《じかん》がない、気《き》がする。

マナのことをこのまま放置《ほうち》しても、妖魔《ようま》の力《ちから》の種類《しゅるい》を考《かん》えれば、誰《だれ》かの命《いのち》が危険《きけん》にさらされるようなことはきっとないだろう。

――クラスの、いや、もしかしたら学校中《がっこうじゅう》の人間関係《にんげんかんけい》が、めちゃくちゃになってしまうかもしれないが。

問題《もんだい》は……むしろマナ自身《じしん》にある。

けいやく者《しゃ》には――いずれ何《なん》らかの不幸《ふこう》が訪《おとず》れる。

イツキ自身《じしん》も夏休《なつやす》みに、身《み》をもって体験《たいけん》したことだ。

それはけいやくの相手《あいて》が「紙《かみ》の悪魔《あくま》」でも「妖魔《ようま》」でも変《か》わらない……そう、カヨコさんは言《い》っていた。

ちがうのは、その不幸《ふこう》の度合《どあ》い。

「紙《かみ》の悪魔《あくま》」とのけいやく者《しゃ》は、基本的《きほんてき》には死《し》ぬことがない。

だが「妖魔《ようま》」とけいやくした者《もの》もそうであるかは……カヨコさんでも、わからないというのだ。

「あの――」

ツグミが母《かあ》さんに話《はな》しかける。

「私《わたし》、パパに連絡取《れんらくと》ってみます」

「……ツグミちゃんのお父《とう》さんは今《いま》、家《いえ》にはいないの？」

「仕事《しごと》で海外《かいがい》に……でも、電話番号《でんわばんごう》はわかります。カヨコさんの話《はなし》を聞《き》いた限《かぎ》り、パパなら妖魔《ようま》を倒《たお》せるみたいだから、今《いま》から急《いそ》いで帰《かえ》ってきてもらえば――」

「――難《むずか》しいと思《おも》うわ」

「え？」

「アスマさんは……おそらくもう、妖魔《ようま》には関《かか》わりたくないって考《かんが》えていると思《おも》う」

「……」

ツグミは唇《くちびる》をかんで、うつむく。

「……心当《こころあ》たりがあるみたいね。ツグミちゃんにも」

「はい……私《わたし》にも、色々《いろいろ》ありましたし。トモゾウのこととか……」

それ以降《いこう》、二人《ふたり》とも黙《だま》ってしまった。

ツグミと母《かあ》さんの会話《かいわ》の内容《ないよう》は、正直《しょうじき》、横《よこ》で聞《き》いていたイツキにはよくわからなかった。

だが、ツグミにこれ以上深《いじょうふか》くたずねることもできなかった。

誰《だれ》にだって、話《はな》したくないこと、秘密《ひみつ》にしておきたいことはある。

それはイツキだって同《おな》じだ。


イツキの家《いえ》まであと少《すこ》しの場所《ばしょ》で、ツグミは車《くるま》を降《お》りた。

家《いえ》の近《ちか》くまで送《おく》る、と言《い》った母《かあ》さんの提案《ていあん》を、ツグミはていねいに断《ことわ》った。

トモゾウは折《お》りたたまれ、ツグミの手提《てさ》げカバンの中《なか》にしまわれている。

「じゃあまた明日《あした》、学校《がっこう》でね」

イツキに向《む》かって手《て》をふったあと、ツグミはイツキの持《も》つ紙束《かみたば》に視線《しせん》を落《お》とした。

「――物語《ものがたり》の方《ほう》、どれくらい時間《じかん》がかかりそう？」

「……わからない。けど、なるべく急《いそ》いで書《か》くつもり。短《みじか》い話《はなし》でも大丈夫《だいじょうぶ》だって、カヨコさんも言《い》ってたし」

「私《わたし》やトモゾウも、できる限《かぎ》りの力《ちから》にはなるから……あまり一人《ひとり》で、抱《かか》え込《こ》まないで、ね」

「うん……」

夕《ゆう》やみに溶《と》けるようにかすんでいくツグミの背中《せなか》を見送《みおく》ると、イツキは静《しず》かにため息《いき》をついた。

夜《よる》。イツキは机《つくえ》に向《む》かい、物語《ものがたり》を書《か》きはじめていた。

「きっと役《やく》に立《た》つから」とカヨコさんに手渡《てわた》されためずらしい紙《かみ》──『ユキナズナの紙《かみ》』に、文《ぶん》章《しょう》を書《か》いていく。

その横《よこ》で、マリーが嬉《うれ》しそうに笑《わら》っていた。

「──クックック。面白《おもしろ》くなってきたではないか」

「……そう思《おも》ってるの、たぶんマリーだけだと思《おも》う」

「わかっている。だからこそ空気《くうき》を読《よ》んで、我《われ》も車《くるま》の中《なか》では黙《だま》っていたのだ。……しかし、我《われ》にとっては幸運《こううん》だ。少《すく》なくともこの件《けん》が片《かた》づくまでは、あのせまい書庫《しょこ》に戻《もど》らなくてすみそうだからな」

「そう……みたいだね」

今《いま》のイツキが「書《か》き手《て》」としての力《ちから》を発揮《はっき》するには、マリーの助《たす》けが必要《ひつよう》となる。

「ところで……今回《こんかい》はどんな話《はなし》を書《か》いておるのだ？」

マリーの問《と》いに、イツキは紙《かみ》の上《うえ》から視線《しせん》を離《はな》さないまま、答《こた》えた。

「……夏休《なつやす》みの時《とき》に書《か》いたのと、少《すこ》し似《に》ているかな。悪魔《あくま》が出《で》てくる物語《ものがたり》」

「作風《さくふう》に幅《はば》がないな。そんなことではファンは増《ふ》えぬぞ」

「余計《よけい》なお世話《せわ》。そもそもみんなに読《よ》んでもらうための物語《ものがたり》じゃないし」

そう、この物語《ものがたり》の読者《どくしゃ》は、ただ一人《ひとり》。

――マナのために書《か》く、物語《ものがたり》だ。

だからこそイツキはマナが好《この》みそうな「悪魔《あくま》」を題材《だいざい》として選《えら》んだのだ。

14話《わ》

「書《か》き手《て》」とは何《なに》か?

カヨコさんの説明《せつめい》によれば——。
そもそも「妖魔《ようま》」は、人《ひと》の想像力《そうぞうりょく》から生《う》まれた存在《そんざい》だ。
人《ひと》の願《ねが》いが具現化《ぐげんか》し、人《ひと》の願《ねが》いをかなえるためにその力《ちから》を発揮《はっき》する。
その力《ちから》は、けいやく者《しゃ》の想像力《そうぞうりょく》があるほど、より強力《きょうりょく》になるのだ。
そして頭《あたま》の中《なか》で思《おも》い描《えが》いている理想《りそう》の自分《じぶん》へと、近《ちか》づこうとする。
自分《じぶん》の考《かんが》える、自分《じぶん》のためだけのストーリー。
それが「妖魔《ようま》」とけいやく者《しゃ》の結《むす》びつきを、より強《つよ》くしていく。

だからこそ、「妖魔《ようま》」とのけいやくを他《ほか》の人間《にんげん》が強制的《きょうせいてき》に解除《かいじょ》させようとする場合《ばあい》——。
そのストーリーを「書《か》きかえる」必要《ひつよう》がある。

それを行《おこな》えるのが「神《かみ》」――いや「紙《かみ》の悪魔《あくま》」に認《みと》められし者《もの》。

――「書《か》き手《て》」である。

新《あら》たな物語《ものがたり》によって「妖魔《ようま》」とけいやくした者《もの》が持《も》つストーリーを上書《うわが》きする。

それを成功《せいこう》させるために、「書《か》き手《て》」はけいやく者《しゃ》に自分《じぶん》の作《つく》った物語《ものがたり》を見《み》せる必要《ひつよう》がある。

なおかつ、その物語《ものがたり》は相手《あいて》の心《こころ》を動《うご》かせるものでなくてはならないのだ。


――イツキは物語《ものがたり》を書《か》き終《お》えた「ユキナズナの紙《かみ》」、それに平《ひら》べったい紙《かみ》の状態《じょうたい》になったマリーをランドセルに入《い》れ、学校《がっこう》へと向《む》かっていた。

イツキの「書《か》き手《て》」としての力《ちから》は、まだ弱《よわ》い。

それには二《ふた》つ、理由《りゆう》がある。

まずは単純《たんじゅん》な経験不足《けいけんぶそく》。相手《あいて》の心《こころ》を動《うご》かせる作家《さっか》としての技量《ぎりょう》を、イツキは持《も》ち合《あ》わせていない。

マサキ伯父《おじ》さんやカヨコさんは、学生《がくせい》のころから作家《さっか》をめざして勉強《べんきょう》していたのだという。その二人《ふたり》と比《くら》べれば、イツキは単《たん》なる読書好《どくしょず》きの小学生《しょうがくせい》に過《す》ぎない。

……一応《いちおう》、相手《あいて》に見《み》せる「物語《ものがたり》」は、別《べつ》に文章《ぶんしょう》でなくてもいいらしい。

映画《えいが》や演劇《えんげき》、音楽《おんがく》などでも可能《かのう》だそうだ。

ただ、そのいずれも、イツキには難《むずか》しそうだった。

「最近《さいきん》なら――ネット動画《どうが》なんかでもたぶん大丈夫《だいじょうぶ》よ」

そうカヨコさんは言《い》っていたが――。

(それもなあ……)

イツキはさほど、インターネットに詳《くわ》しいわけでもなかった。

(ハルトがまともなら、手伝《てつだ》ってもらえたかもしれないけど……)

……もう一《ひと》つは、イツキが「書《か》き手《て》」となった経緯《けいい》だ。

本来《ほんらい》ならば五体《ごたい》の「悪魔《あくま》」に物語《ものがたり》を認《みと》めてもらわなければならなかった。

しかしイツキはそのうちの一体《いったい》を「式神《しきがみ》」――トモゾウで代用《だいよう》してしまったのである。

カヨコさん曰《いわ》く「式神《しきがみ》」は、「悪魔《あくま》」と「妖魔《ようま》」の中間《ちゅうかん》に位置《いち》する存在《そんざい》なのだそうだ。

人《ひと》の想像《そうぞう》から生《う》まれた存在《そんざい》であると同時《どうじ》に、神《かみ》に似《に》せて生《う》まれた存在《そんざい》でもある。

厳密《げんみつ》に言《い》えば「紙《かみ》の悪魔《あくま》」もまた、本来《ほんらい》の「悪魔《あくま》」に似《に》せたコピーなのだとか。

まあこの辺《あた》りの話《はなし》は、イツキにはちょっと難《むずか》しい。

――ともあれ、正《ただ》しい手順《てじゅん》をとらなかったせいで、イツキはまだ完全《かんぜん》な「書《か》き手《て》」にはなれていない、ということだった。

正直《しょうじき》、この点《てん》に関《かん》してはラハブに文句《もんく》を言《い》いたいところだ。

彼女《かのじょ》が変《へん》な気《き》まぐれさえ起《お》こさなければ、こんなことにはならなかったのだから。

……そんなイツキの「書《か》き手《て》」としての力《ちから》の弱《よわ》さ。

それをおぎなうためにカヨコさんが用意《ようい》したのが——「ユキナズナの紙《かみ》」だ。

鶴黄市《つるきし》にある女影神社《めかげじんじゃ》。

そこに代々伝《だいだいつた》わる「ユキナズナの糸《いと》」で織《お》られた特別《とくべつ》な紙《かみ》なんだとか。

二十年前《にじゅうねんまえ》、カヨコさんたちが戦《たたか》った妖魔《ようま》——「クロックワーク・デーモン」の中《なか》でも、特《とく》に凶《きょう》悪《あく》な力《ちから》を持《も》っていた「Allen《アレン》」と呼《よ》ばれる敵《てき》がいた。

そいつを倒《たお》すために、カヨコさんはこの紙《かみ》に物語《ものがたり》を書《か》いたのだという。

詳《くわ》しいことはよくわからないけど、とにかく「ユキナズナの紙《かみ》」は「書《か》き手《て》」の力《ちから》を強《つよ》める効《こう》果《か》があるそうだ。

ただし材料《ざいりょう》となる「ユキナズナの糸《いと》」がもうどこにもなく、「ユキナズナの紙《かみ》」もイツキが渡《わた》された分《ぶん》しか残《のこ》っていないらしい。

その数《かず》、わずか十二枚《じゅうにまい》。

貴重《きちょう》な紙《かみ》だ。マナのことが解決《かいけつ》したあとも、別《べつ》の妖魔《ようま》が現《あらわ》れた時《とき》に必要《ひつよう》となるかもしれない。

だからイツキはそのうちの三枚《さんまい》だけ使《つか》って、短《みじか》い物語《ものがたり》を書《か》きあげた。

これを彼女《かのじょ》に読《よ》んでもらわなければならない。

失敗《しっぱい》すれば、マナを助《たす》けられないどころか——。

反対《はんたい》にイツキが、マナと妖魔《ようま》をつなげている「ストーリー」に飲《の》み込《こ》まれ……「書《か》き手《て》」の力《ちから》を失《うしな》い、他《ほか》の男子《だんし》たちと同《おな》じように、マナのとりこになってしまう可能性《かのうせい》もある。

これもまた、カヨコさんの言《い》っていたことだ。

(カヨコさん……まさに『悪魔博士《あくまはかせ》』って感《かん》じだったな)

イツキは彼女《かのじょ》の姿《すがた》を、頭《あたま》の中《なか》で思《おも》い浮《う》かべていた。

ＩＴ企業《きぎょう》の社長《しゃちょう》らしくない、着物姿《きものすがた》。

それに……左手《ひだりて》の薬指《くすりゆび》にしていた、指輪《ゆびわ》。

指輪《ゆびわ》だったら母《かあ》さんだってしている。いわゆる結婚指輪《けっこんゆびわ》というやつだ。

でも、カヨコさんはもうすでに、伯父《おじ》さんとリコンしている。

(あれは伯父《おじ》さんにもらった指輪《ゆびわ》じゃ、ないよね……たぶん)

あの時《とき》、そのことをたずねる勇気《ゆうき》は、イツキにはなかった。

子供《こども》が立《た》ち入《い》っちゃいけない、大人同士《おとなどうし》の話《はなし》っていうのもある。

大人《おとな》はぼくらよりも背《せ》が高《たか》く、生《い》きている時間《じかん》も長《なが》い。

きっと、見《み》えている景色《けしき》だってちがう。


学校《がっこう》に到着《とうちゃく》し、校舎《こうしゃ》に入《はい》ったとたん——。

イツキはすぐに、想像《そうぞう》していた以上《いじょう》の異変《いへん》に気《き》がついた。

校舎内《こうしゃない》を歩《ある》く人《ひと》たちの、姿《すがた》……。

(……女《おんな》の子《こ》しかいない)

児童《じどう》はもちろんのこと、先生《せんせい》たちの中《なか》にも、男《おとこ》の人《ひと》は一人《ひとり》も見《み》かけない。

「イツキ」

後《うし》ろから声《こえ》をかけられたので、ふり向《む》いた。

ツグミに、紙《かみ》のトモゾウだ。

「ずいぶんと遅《おそ》かったじゃない。遅刻《ちこく》ギリギリよ」

「ごめん。昨日《きのう》、夜《よ》ふかししちゃって——」

「物語《ものがたり》を書《か》いていたのね。完成《かんせい》した?」

「まあ、一応《いちおう》……」

「なら、行《い》きましょう。葉月《はづき》マナ――いえ『女王《じょおう》』の教室《きょうしつ》に」

そう言《い》って、ツグミは五年三組《ごねんさんくみ》の教室《きょうしつ》に向《む》かって歩《ある》き出《だ》した。

「待《ま》って、ツグミさん。……今《いま》、いったいどんな状況《じょうきょう》？」

「……思《おも》っていたよりも深刻《しんこく》よ。『妖魔《ようま》』の力《ちから》であやつられているのは、男性《だんせい》だけじゃない」

ツグミは周《まわ》りを見回《みまわ》した。

「女性《じょせい》までもみんな、マナに心《こころ》をつかまれ、さからうことができなくなっているわ」

「……別《べつ》に、ふつうに見《み》えるけど」

「だからおかしいんじゃない。男性《だんせい》がみんな葉《は》月《づき》マナのとりこになっているのに、それに対《たい》し

て女性《じょせい》たちも平然《へいぜん》としている。『それが当然《とうぜん》のこと』って思《おも》わされているのよ」

「ツグミさんは……なんともないの？」

「そうみたい。理由《りゆう》はわからないけど——たぶん、トモゾウのおかげかな」

トモゾウが「フォフォフォ」と笑《わら》い声《ごえ》をあげた。

「あるじを魔《ま》の力《ちから》から守《まも》る……それも式神《しきがみ》の役目《やくめ》じゃよ」

小《ちい》さくても、頼《たよ》りになる守《まも》り神《がみ》だ。

それにひきかえ——。

「……今《いま》、何《なに》を考《かんが》えた？」

ランドセルの中《なか》から、マリーの声《こえ》が聞《き》こえてきた。

「いや、別《べつ》に」

彼女《かのじょ》の出番《でばん》は、もう少《すこ》しあとだ。

イツキはツグミたちと共《とも》に、マナのいるであろう教室《きょうしつ》へと向《む》かった。

15話《わ》

学校中《がっこうじゅう》の男性《だんせい》は皆《みな》、五年三組《ごねんさんくみ》の教室近《きょうしつちか》くに集《あつ》まっているようだ。

ろうかの窓《まど》ぎわで直立《ちょくりつ》している男子《だんし》たちの姿《すがた》を発見《はっけん》し、イツキたちはいったん立《た》ち止《ど》まった。

学年《がくねん》を問《と》わず、まるで女王《じょおう》を守《まも》る兵隊《へいたい》のように整列《せいれつ》している。

中《なか》には、男性《だんせい》の先生《せんせい》も何人《なんにん》かいた。

おそるおそるその前《まえ》を歩《ある》いていくが、彼《かれ》らがイツキたちに何《なに》かしてこようとする気配《けはい》はなかった。

ただ無言《むごん》で、うつろな目《め》をしてこちらを見《み》てくるのみだ。


教室《きょうしつ》にたどりつき、ドアを開《あ》ける。

中《なか》にいた数十人《すうじゅうにん》の男子《だんし》がいっせいに、イツキたちの方《ほう》を見《み》た。

彼《かれ》らの目《め》もまた、外《そと》の兵隊《へいたい》たちと同《おな》じように生気《せいき》を感《かん》じられないものだった。

「女王《じょおう》のハーレム、ってところかしら」

ツグミが皮肉《ひにく》っぽく、そうつぶやいた。
その女王《じょおう》――マナは、教室《きょうしつ》の奥《おく》に座《すわ》っていた。
近《ちか》くにはミツグやハルトもいる。

「あら……イツキじゃない。それに日々野《ひびの》センパイも」

そう言《い》って微笑《ほほえ》むマナの様子《ようす》は、以前《いぜん》のそれとは明《あき》らかにちがっていた。

ツグミの言《い》うように、まるで女王様《じょおうさま》のようだと、イツキは感《かん》じた。

……きっとそれが、彼女《かのじょ》の望《のぞ》んだ「ストーリー」なのだろう。

男性《だんせい》はみんなマナに夢中《むちゅう》、それにさからう女性《じょせい》もいない。

この学校《がっこう》はもはや、女王《じょおう》マナのための宮殿《きゅうでん》と化《か》したのだ。

彼女《かのじょ》の前《まえ》の机《つくえ》には、一体《いったい》の羊《ひつじ》のおもちゃが置《お》かれていた。

——その目《め》が紫色《むらさきいろ》に光《ひか》り、動《うご》きはじめた。

「……あらら、おかしいな。どうして君《きみ》たちは、マナのとりこになっていないんだい？」

羊《ひつじ》がしゃべりだす。

たぶんあれこそが、マナとけいやくした「クロックワーク・デーモン」なのだろう。

「気《き》をつけろ、イツキ」

ランドセルから聞《き》こえるマリーの声《こえ》。

「この『しきよく』の力《ちから》——かつてジルが持《も》っていたものとくらべても、はるかに強力《きょうりょく》なようだ。ジルとけいやくした人間《にんげん》は異性《いせい》の心《こころ》を思《おも》うままにあやつることができたが、同性《どうせい》に対《たい》しては無力《むりょく》で、それが弱点《じゃくてん》でもあった。だが……おそらく奴《やつ》に、弱点《じゃくてん》はない」

「じゃあ、どうすれば――」

「おじけづく必要《ひつよう》はない。奴《やつ》がかつての『クロックワーク・デーモン』と同様《どうよう》の存在《そんざい》であれば、人間《にんげん》に直接手出《ちょくせつてだ》しをすることはできないはずだ。貴様《きさま》はマナに、書《か》いてきた物語《ものがたり》を読《よ》ませればそれでいい――さあ、お前《まえ》の物語《ものがたり》を取《と》り出《だ》せ、イツキ」

イツキがランドセルをおろしている間《あいだ》、羊《ひつじ》のおもちゃはガタガタとゆれながらさけび続《つづ》けていた。

「おい、老《お》いぼれ悪魔《あくま》がそこにいるな！　それに式神《しきがみ》も――出《で》ていけ！　お前《まえ》たちはマナのハーレムにふさわしくない!!」

しかしそんな羊《ひつじ》の頭《あたま》を、マナが手《て》で押《お》さえつける。

「デウス――少《すこ》し黙《だま》って」

「なんでだよマナ！　さっさとしもべたちを使《つか》って、あいつらを追《お》い払《はら》うんだ！」

「『女王《じょおう》』は、多少《たしょう》のことではうろたえたりしないものよ。……いいじゃない。彼《かれ》らが何《なに》をしようとしているのか、少《すこ》し様子《ようす》を見《み》ましょう」

イツキはランドセルから「ユキナズナの紙《かみ》」を取《と》り出《だ》す。

それと同時《どうじ》にマリーも飛《と》び出《だ》し、ハムスターの姿《すがた》でイツキの肩《かた》に飛《と》び乗《の》った。

「葉月《はづき》さん、これ……読《よ》んでほしいんだ」

マナのそばに近《ちか》づき「ユキナズナの紙《かみ》」を差《さ》し出《だ》した。

「なあに？　もしかしてラブレターかしら？」

「ぼくが書《か》いた物語《ものがたり》だよ。葉月《はづき》さん、本《ほん》を読《よ》むのは好《す》きでしょう？　だから……」

「へえ……」

マナは「ユキナズナの紙《かみ》」を受《う》け取《と》り、そこに書《か》かれている文章《ぶんしょう》を読《よ》みはじめた。

その様子《ようす》を見《み》て、羊《ひつじ》がよりいっそう騒《さわ》ぎだす。

「それは……ダメだマナ！　そいつを今《いま》すぐ破《やぶ》り捨《す》てろ！」

「デウス、うるさい」

マナは羊《ひつじ》を無視《むし》して、イツキの書《か》いた物語《ものがたり》を読《よ》み進《すす》めていく。

（……よし。いい調子《ちょうし》だ！）

だが――。

最初《さいしょ》の一枚《いちまい》を読《よ》み終《お》えたあと、マナは持《も》っていた紙《かみ》をまとめて横《よこ》に放《ほう》り捨《す》ててしまった。

「ああっ！」

「……面白《おもしろ》くないわ。こんなの、女王《じょおう》であり読書家《どくしょか》でもあるこの私《わたし》が最後《さいご》まで読《よ》むにあたいしない。しょせんは子供《こども》の書《か》いた作文《さくぶん》ね」

君《きみ》だってぼくと同《おな》じ小学生《しょうがくせい》じゃないか、とイツキはつっこみたくなったが、そんなことを言《い》っている場合《ばあい》じゃない。

とにかく――失敗《しっぱい》だ。

「――!?」

マナに捨《す》てられた「ユキナズナの紙《かみ》」を拾《ひろ》い上《あ》げようと手《て》を伸《の》ばすと、紙《かみ》がとつぜん燃《も》え上《あ》がりはじめ――。

そして灰《はい》も残《のこ》さずに、消《き》えてしまった。

「ハハッ。読《よ》み手《て》に拒絶《きょぜつ》された物語《ものがたり》に、もはや力《ちから》はない。こうして消《き》えるのが運命《うんめい》なのさ!」

笑《わら》いながら、羊《ひつじ》が身体《からだ》をふるわせた。

「貴様《きさま》のしわざか。妖魔《ようま》め」

マリーが静《しず》かに羊《ひつじ》をにらむ。

「黙《だま》ってろよ、ドブネズミ。お互《たが》いに人間《にんげん》には手出《てだ》しのできない身《み》――失敗《しっぱい》したんだから、さっさとその人間《にんげん》と一緒《いっしょ》に帰《かえ》りやがれ――」

「トモゾウ！」

ツグミが式神《しきがみ》に向《む》かってさけぶ。

「ツグミさん!?　葉月《はづき》さんには――」

「わかっているわよイッキ。……トモゾウ、あの羊《ひつじ》をやっつけて！」

「……御意《ぎょい》」

トモゾウが、紙《かみ》の身体《からだ》とは思《おも》えないくらいの勢《いきお》いで、羊《ひつじ》に向《む》かって飛《と》びかかった。

そのまま相手《あいて》にかみつく。

しかし――妖魔《ようま》には、まるで効果《こうか》がない様子《ようす》だった。

「なんだい？　式神《しきがみ》ってのは、話《はなし》に聞《き》いていたほど大《たい》したことはないみたいだね」

「ふむ……やはり無理《むり》じゃったか」

トモゾウ自身《じしん》はこの結果《けっか》を、あらかじめ予想《よそう》していたみたいだ。

「そんな……やっぱり紙《かみ》の状態《じょうたい》じゃダメなの!?　なら――」

「あきらめよ、ツグミ。紙《かみ》の身体《からだ》であることは関係《かんけい》ない。今《いま》の我《われ》らの力《ちから》が、元《もと》より劣《おと》るのじゃ」

トモゾウは羊《ひつじ》から離《はな》れ、ツグミのそばに戻《もど》った。

「ここはいったん、退《ひ》くべきじゃろう……イッキにマリー、おぬしたちもな」

その言葉《ことば》にイツキは従《したが》おうとした。

しかし——なぜだか身体《からだ》が、上手《うま》く動《うご》かない。

「どうした？　イツキ」

「……ねえ、マリー。ぼく、このまま……マナ様《さま》のそばに——」

自分《じぶん》の言葉《ことば》にハッとなり、イツキは思《おも》わず口《くち》を押《お》さえた。

「!?　ぼく今《いま》、何《なに》を——」

「——『書《か》き手《て》』としての力《ちから》が、弱《よわ》まっているようだな。正気《しょうき》なうちに、さっさとここを出《で》るぞ」

マナや羊《ひつじ》が、イツキたちをはばもうとする気配《けはい》はない。

イツキはツグミたちと共《とも》に教室《きょうしつ》から飛《と》び出《だ》した。


——学校《がっこう》では、もはやまともに授業《じゅぎょう》も行《おこな》われなくなっていた。

ただ、マナをもてはやすための場所《ばしょ》だ。

図書室《としょしつ》へ逃《に》げ込《こ》んだイツキたちは、次《つぎ》にどうすべきかを考《かんが》えていた。

「……けいやく者《しゃ》が小学生《しょうがくせい》だったことは、ある意味《いみ》で幸《さいわ》いだったな」

マリーがそうポツリともらした。

「どうして？」

「あのマナという娘《むすめ》、どうやら男女関係《だんじょかんけい》についての知識《ちしき》はうすいようだ。……そうでなければ、もっと大変《たいへん》なことになっていた」

「それってどういう——」

横《よこ》でツグミがほおを赤《あか》くしているのに気《き》がついたイツキは、マリーの言《い》っていることの意味《いみ》を察《さっ》した。

「——ま、まあそれはともかくとして……これから、どうなっちゃうのかな？」

「今《いま》はまだ、妖魔《ようま》の力《ちから》の影響《えいきょう》は校内《こうない》のみにとどまっているようだが……いずれは町中《まちじゅう》にまで広《ひろ》がるかもしれぬ」

このままだと鶴黄市《つるきし》は女王《じょおう》マナの支配《しはい》する町《まち》になってしまう——というわけだ。

「妖魔《ようま》の力《ちから》が町全体《まちぜんたい》に広《ひろ》がったことは、昔《むかし》にもあったが……そうなるとやっかいだぞ。そのころにはおそらく、マナと妖魔《ようま》の結《むす》びつきも非常《ひじょう》に強《つよ》いものになっている——もはや元《もと》に戻《もど》すことはできんだろうな」

「もしそうなったら、どうすれば——」

「殺《ころ》すしかないな」

マリーが非常《ひじょう》に冷《つめ》たくそう言《い》い放《はな》ったので、イツキは背《せ》すじがさむくなった。

「無論《むろん》、それすらも今《いま》の我《われ》らには難《むずか》しいことなのだがな」

「で、でも……逆《ぎゃく》に言《い》えば、今《いま》ならまだなんとかなるってことだよね？　――ぼく、もう一度《いちど》書《か》くよ、物語《ものがたり》を。今度《こんど》こそ、葉月《はづき》さんに読《よ》んでもらえるように」

「だが、失敗《しっぱい》すれば今度《こんど》こそ、妖魔《ようま》の力《ちから》に取《と》り込《こ》まれてしまうかもしれんぞ」

「それでも……やらなきゃ」

とはいえ、残《のこ》りの「ユキナズナの紙《かみ》」を、イツキは持《も》ってきていなかった。

いったん、家《いえ》に帰《かえ》るより他《ほか》はない。

「学校《がっこう》……早退《そうたい》することになっちゃうけど、いいのかな」

「今《いま》さらそんな心配《しんぱい》をしてもしょうがないであろう」

「いや、そういう意味《いみ》じゃなくて……葉月《はづき》さんのこと、放《ほう》っておいてもいいのかどうか――」

するとツグミが口《くち》を開《ひら》いた。

「私《わたし》が残《のこ》って監視《かんし》してるわ」

「……ありがとう、ツグミさん。でも新《あたら》しい物語《ものがたり》、今日中《きょうじゅう》には間《ま》に合《あ》わないかも……」

「これまでの範囲拡大《はんいかくだい》のスピードを考《かんが》えたら、今日《きょう》すぐに町中《まちじゅう》がとりこになることはないんじゃないかしら？　急《いそ》いでまた失敗《しっぱい》するよりも、ちゃんとしたものを仕上《しあ》げてきた方《ほう》がいいと思《おも》う」

「うん……頑張《がんば》ってみる」

あとのことはツグミとトモゾウに任《まか》せ、イツキはマリーと共《とも》に早退《そうたい》することにした。

学校《がっこう》を出《で》ていくイツキたちの姿《すがた》を、ハルトが窓《まど》から心配《しんぱい》そうな目《め》でながめていた。

「……」

その後《うし》ろから、マナがそっと肩《かた》を抱《だ》いてくる。

「どうしたのかしら？　ハルト。……イツキのことが気《き》になる？」

「あ、いえ……」

「今《いま》は放《ほう》っておきなさい。彼《かれ》もいずれ、あなたの仲間《なかま》になる。私《わたし》の忠実《ちゅうじつ》なしもべとして……ね」

「……」

「それ以外《いがい》にも何《なに》かあるの？」

「……あいつ、大丈夫《だいじょうぶ》かな、って。仲間外《なかまはず》れみたいになっちゃってるから。……前《まえ》の学校《がっこう》でも、色々《いろいろ》とあったみたいだし」

「へえ……気《き》になるわね。何《なに》があったの？」

「それは――」

「答《こた》えなさい」

ちゅうちょするハルトに対《たい》し、マナが強《つよ》い口調《くちょう》でつめよる。

そうなるとハルトはもう、彼女《かのじょ》にさからうことはできない。

「……おれも、詳《くわ》しく知《し》っているわけじゃないんです。父《とう》ちゃんからちょっと、軽《かる》く聞《き》いただけなんで」

「知《し》ってることだけでいいから、話《はな》しなさい」

ハルトはいったん、間《ま》を置《お》いたあと、マナにこう答《こた》えた。

「――どうも前《まえ》の学校《がっこう》で『いじめ』の問題《もんだい》があったって……」

「……!?」

「その話《はなし》が大《おお》きくなって……それで最終的《さいしゅうてき》にイツキが転校《てんこう》することになった――そう、聞《き》きました」

16話《わ》

夏休《なつやす》み、マリーとのけいやくを解除《かいじょ》した時《とき》。

あの時《とき》イツキは、自分《じぶん》が面白《おもしろ》いと思《おも》う物語《ものがたり》を書《か》いた。

それでいいと伯父《おじ》さんも言《い》っていたし、結果的《けっかてき》には悪魔《あくま》たちにもそれを受《う》け入《い》れられた。

でも今回《こんかい》はそれじゃあ、ダメなんだ。

彼女《かのじょ》に喜《よろこ》んでもらえるような。

彼女《かのじょ》のための、物語《ものがたり》。

題材《だいざい》だけ、相手《あいて》の好《この》みに合《あ》わせればいいわけじゃない。

もっと、相手《あいて》の気持《きも》ちを考《かんが》えて。

彼女《かのじょ》とイツキでは、見《み》えている景色《けしき》がちがうかもしれない。

それでも、きっと。

何《なに》もかもがちがうわけじゃない。

マナは、同《おな》じなんだ。

あの時《とき》の、ぼくと。


——夜《よる》、ツグミから電話《でんわ》があった。

意外《いがい》なことに下校《げこう》の時間《じかん》になったとたんにみんな、正気《しょうき》に戻《もど》ったようになり、ふつうに下校《げこう》していったらしい。

マナの……正《ただ》しく言《い》えば妖魔《ようま》の力《ちから》がもっと強《つよ》くなるまでは、外部《がいぶ》で余計《よけい》な混乱《こんらん》を招《まね》かないよう、とりつくろうつもりなのかもしれない——そう、ツグミは推測《すいそく》していた。

たとえそうだとしても、なるべく早《はや》くマナと妖魔《ようま》を引《ひ》き離《はな》さなければならないことに変《か》わりはない。

一晩《ひとばん》かけて新《あら》たな物語《ものがたり》を書《か》いた、四枚《よんまい》の「ユキナズナの紙《かみ》」。

それを手《て》に、イツキは学校《がっこう》へと入《はい》っていった。


……その後《うし》ろ姿《すがた》を、校門《こうもん》のかげからじっと見守《みまも》る者《もの》がいた。

彼《かれ》の肩《かた》の上《うえ》に、一羽《いちわ》の小《ちい》さなカラスが舞《ま》いおりた。

「――あいつが、新《あたら》しい『書《か》き手《て》』みたいだナ」

カラスが人間《にんげん》の言葉《ことば》で話《はな》しても、彼《かれ》に驚《おどろ》いた様子《ようす》はない。

「――そうみたいだね」

「まだ子供《こども》だぜ？　しかも、ずいぶんと頼《たよ》りないナ」

「カラスにはそう見《み》えるのかい？」

「お前《まえ》はどうなんダ？　コウモリ」

「わからないな。だってぼくはただの――おもちゃ屋《や》の店員《てんいん》だからね」

「ハハ、そうかイ」

「……じゃあ、そろそろぼくは行《い》くよ。おもちゃ屋《や》としての仕事《しごと》をしに」

彼《かれ》はイツキのあとに続《つづ》いて、校舎《こうしゃ》へと向《む》かった。


五年三組《ごねんさんくみ》の教室《きょうしつ》。

ツグミとトモゾウに出《で》むかえられたあと、イツキは扉《とびら》の前《まえ》で深呼吸《しんこきゅう》した。

「じゃあ……行《い》きましょうか」

イツキはツグミの言葉《ことば》に対《たい》し、無言《むごん》でうなずく。

教室《きょうしつ》のドアを開《あ》け、中《なか》に入《はい》った。

中《なか》の様子《ようす》は、昨日《きのう》とさほど変《か》わらない。

マナの周《まわ》りを、男子《だんし》たちが囲《かこ》んでいる。

「はい、マナ様《さま》。あーん」

ミツグがフォークにささったリンゴを、マナの口元《くちもと》へと運《はこ》んでいた。

机《つくえ》の上《うえ》では羊《ひつじ》が、それを愉快《ゆかい》そうにながめている。

「給食《きゅうしょく》の時間《じかん》には、まだ早《はや》いんじゃない？」

ツグミの少《すこ》し嫌味《いやみ》っぽい言《い》い回《まわ》しにも、マナは平然《へいぜん》としていた。

「女王《じょおう》は、時間《じかん》になんてとらわれないものよ」

妖魔《ようま》とけいやくすると、性格《せいかく》まで変《か》わってしまうものなのだろうか。

それともこれこそが本当《ほんとう》のマナなのだろうか。

「……」

イツキは黙《だま》ったまま、物語《ものがたり》を書《か》いた紙《かみ》をマナに差《さ》し出《だ》した。

あきれたようにマナが声《こえ》を上《あ》げる。

「ま～た、それ？　イッキ、あなたもずいぶんとしつこいのね」

「――何度《なんど》でも書《か》くさ。君《きみ》に読《よ》んでもらえるまで」

「空気《くうき》、読《よ》めてないんじゃない？　そんなんだから――いじめにあうのよ」

「……!?」

一瞬《いっしゅん》、イツキが身《み》を固《かた》まらせる。

だがすぐに、彼《かれ》はこう静《しず》かに答《こた》えた。

「……ぼくは、いじめになんか、あってない」

「とぼけるつもり？　ハルトに聞《き》いたんだから、私《わたし》」

マナの横《よこ》に立《た》つハルトが、気《き》まずそうな顔《かお》を浮《う》かべる。

「そう。それなら、きっとハルトが何《なに》か、勘違《かんちが》いしてるんだよ」

「……気《き》に入《い》らない。さっさと素直《すなお》に認《みと》めなさいよ」

「――認《みと》めたら、君《きみ》は満足《まんぞく》なの？　ちょっと前《まえ》の自分《じぶん》と同《おな》じだ、って、あわれみの目《め》で見《み》ることができるから？　優越感《ゆうえつかん》にひたれるから？」

「……私《わたし》が、いじめられていたって言《い》うの？」

「少《すく》なくともぼくの目《め》には、そう見《み》えたよ。あからさまなものじゃないかもしれない。でも、みんなが特《とく》に理由《りゆう》もなく、君《きみ》をさけていた。それは立派《りっぱ》な――」

「いじめられてなんかないわ！」

マナが大《おお》きな声《こえ》でさけんだ。

「……みんなの精神《せいしん》レベルが低《ひく》すぎて、私《わたし》についてこられていなかっただけよ」

「そう思《おも》い込《こ》んでいただけじゃないの？　自分《じぶん》自身《じしん》が、傷《きず》つきたくないから。現実《げんじつ》から逃《に》げて、頭《あたま》の中《なか》で理想《りそう》の自分《じぶん》を思《おも》い浮《う》かべていた。――そこを、妖魔《ようま》につけこまれた」

すらすらと言葉《ことば》が出《で》てくる自分《じぶん》に、イツキ自《じ》身《しん》が内心《ないしん》、驚《おどろ》いていた。

こんなことを言《い》うつもりで、ここに来《き》たんじゃないのに。

「ちがうわ！　デウスは私《わたし》の方《ほう》から探《さが》し出《だ》した

の！　これは私自身《わたしじしん》の手《て》でつかんだ『幸《しあわ》せ』──もういい！　みんな、そいつを追《お》い払《はら》って！」

その言葉《ことば》を合図《あいず》に、ミツグやカケルたち男子《だんし》が、いっせいにイッキに向《む》かって飛《と》びかかってきた。

妖魔《ようま》の力《ちから》にあやつられているといっても、別《べつ》に彼《かれ》らが特別《とくべつ》な力《ちから》を得《え》ているわけではない。

それでも、相手《あいて》の数《かず》が多《おお》すぎる。イッキはあっという間《ま》に、男子《だんし》たちに取《と》り押《お》さえられてしまった。

その拍子《ひょうし》に、持《も》っていた「ユキナズナの紙《かみ》」を落《お》としてしまう。

「あっ！」

拾《ひろ》おうとするイッキのうでを、ミツグが押《お》さえた。

そのままもう一方《いっぽう》の手《て》で、彼《かれ》はイッキになぐりかかってきた。

「!!」

思《おも》わず目《め》を閉《と》じるイッキ。

──が、ミツグのこぶしがイッキの顔面《がんめん》に降《ふ》り注《そそ》いでくることはなかった。

「いてて!?」

逆《ぎゃく》にミツグがトモゾウにかみつかれて、悲鳴《ひめい》を上《あ》げていた。

いや——トモゾウだけじゃない。

彼《かれ》のうでは、横《よこ》にいたハルトにもつかまれていた。

「おい……そこまですることないだろ！」

そう言《い》ってミツグをにらみつけるハルト。

「ハルト、正気《しょうき》に戻《もど》ったの!?」

ツグミがさけぶ。

「いや……おれはただ、イッキがなぐられそうになっているのをみて、つい……でも、マナ様《さま》への愛《あい》を忘《わす》れたわけじゃ……ああ、でも、ツグミさんもこっちをにらんでいるし……」

ハルトは混乱《こんらん》した様子《ようす》で、イッキにこうたずねてきた。

「なあイッキ……おれ、どうすりゃいいのかな？」

「……」

イツキは「ユキナズナの紙《かみ》」を拾《ひろ》い上《あ》げ、それをハルトに渡《わた》した。

「ハルト、これ——葉月《はづき》さんに渡《わた》してくれないかな？」

「あ、ああ……」

ハルトはそのまま、紙《かみ》を持《も》ってマナに近《ちか》づいていく。

男子《だんし》たちも彼《かれ》には手《て》を出《だ》そうとしない。ハルトのうでっぷしの強《つよ》さは、クラスの誰《だれ》もが知《し》っているのだ。

「マナ様《さま》……どうぞ、これ……イツキからです」

「……ふん」

マナは受《う》け取《と》ったが、すぐにそれを破《やぶ》り捨《す》てようとした。

「……」

だが、その手《て》がふいに止《と》まる。

彼女《かのじょ》の視線《しせん》は、書《か》かれている物語《ものがたり》の最初《さいしょ》の一文《いちぶん》に向《む》いていた。

「……」

そしてマナは紙《かみ》を破《やぶ》るのをやめ、その物語《ものがたり》を読《よ》みはじめた。

その様子《ようす》を見《み》て、羊《ひつじ》があわてはじめる。

「お、おい。マナ、どうした。そんなのは読《よ》んじゃいけない。すぐに捨《す》てるんだ！」

「……」

しかし、マナは読《よ》むのをやめない。

一枚目《いちまいめ》をめくり、二枚目《にまいめ》。

そして三枚目《さんまいめ》へと。

「ああ……マナの心《こころ》……ストーリーが……上書《うわが》きされていく……ううう」

羊《ひつじ》が苦《くる》しみはじめた。

周《まわ》りの男子《だんし》たちはどうしていいのかわからないようで、ただぼうぜんと、目《め》の前《まえ》の様子《ようす》をながめていた。

そして、マナが四枚目《よんまいめ》を読《よ》みはじめた時《とき》。

「メエエ————!!」

羊《ひつじ》がとつぜん、不快《ふかい》な高音《こうおん》の鳴《な》き声《ごえ》を上《あ》げた。

「こうなったら……もう『ルール』なんて関係《かんけい》ない！『書《か》き手《て》』……貴様《きさま》を直接《ちょくせつ》、この手《て》で——」

羊《ひつじ》の身体《からだ》、その部品《ぶひん》のすきまから、黒《くろ》い煙《けむり》のようなも

のがもれはじめた。

そしてそれは、ゆっくりとうずを巻《ま》いていく。

イツキのランドセルから、マリーが飛《と》び出《だ》してきた。

「……これは、まずいな」

マリーは黒《くろ》いうずを見《み》ながら、そうつぶやく。

「何《なに》がまずいの？　マリーがなんとかしてくれるんでしょ？」

「イツキ……本来《ほんらい》ならその予定《よてい》だったのだがな。奴《やつ》が『ルール』を無視《むし》してくるとまでは、思《おも》ってもいなかった」

うずはしだいに、人《ひと》らしき形《かたち》へと変《か》わっていく。

「このままでは……今《いま》の我《われ》、それにそこの式神《しきがみ》では……奴《やつ》には勝《か》てぬ」

「そんな!?」

せっかく、ここまでは上手《うま》くいったと思《おも》っていたのに。

「さあ、今《いま》こそ見《み》せてやろう――『クロックワーク・デーモン』、その真《しん》の力《ちから》を!!」

人型《ひとがた》になったうずが、全体《ぜんたい》から紫《むらさき》の光《ひかり》を放《はな》ちはじめた――。

「はい、そこまでね」

――とつぜん、教室《きょうしつ》に入《はい》ってきた男性《だんせい》が、羊《ひつじ》のおもちゃをつかみあげた。

それと同時《どうじ》に、黒《くろ》いうずも消《き》えさる。

『ルール』違反《いはん》はいけないなぁ。ぼくの立場上《たちばじょう》、それを見《み》すごすわけにはいかないんだ」

そう言《い》いながら、彼《かれ》は次《つぎ》にマナの方《ほう》を見《み》た。

「――君《きみ》も、物語《ものがたり》を読《よ》み終《お》えたようだね」

「……あ、あれ？　おもちゃ屋《や》のお兄《にい》さん、どうしてここに？」

マナはきょとんとして、男性《だんせい》の顔《かお》を見上《みあ》げている。

「このおもちゃは、もともと返品《へんぴん》を希望《きぼう》していたよね？」

「……は、はい」

「あの弁護士《べんごし》さんからもらったお金《かね》なんだけどね。けさ、どこかに飛《と》んでいっちゃったんだ。きっと、持《も》ち主《ぬし》の元《もと》に帰《かえ》っていったんじゃないかな」

「はあ……」

「返金《へんきん》はすんだわけだから、これも返《かえ》してもらわないと」

「！　そ、それは――」

しかしマナはそこで一度《いちど》、口《くち》をつぐみ――うつむきながら、こう答《こた》えた。

「……そうですね。それはお返《かえ》しします」

「どうも。それじゃあ、ぼくはこれで失礼《しつれい》するね——お母《かあ》さんにも、よろしく」

おもちゃ屋《や》のお兄《にい》さんは動《うご》かなくなった羊《ひつじ》のおもちゃを手《て》に、教室《きょうしつ》を出《で》ていった。

イツキたちは状況《じょうきょう》を理解《りかい》できず、ただその様子《ようす》を見《み》ていることしかできなかった。


——校舎《こうしゃ》を出《で》たおもちゃ屋《や》の前《まえ》に、再《ふたた》びカラスが現《あらわ》れる。

「……おいおい、なんで『書《か》き手《て》』を助《たす》けちまうんだヨ」

「そんなつもりはなかったさ。ただ——『ルール』はね、何《なに》よりも重要《じゅうよう》なんだ」

「あいかわらずだナ、コウモリ。そんな風《ふう》に頭《あたま》が固《かた》いから、お前《まえ》はダメなんダ」

「まあ、いいじゃないか。『逢魔《おうま》が時《とき》』はまだ、始《はじ》まったばかり……本番《ほんばん》は、これからだ」

「そう願《ねが》いたいものだナ」

まだ昼前《ひるまえ》だというのに、空《そら》は夕方《ゆうがた》のように赤《あか》く染《そ》まっている。

そんな中《なか》——神森《コウモリ》とカラスは、いずこかへと立《た》ち去《さ》っていった。

17話《わ》

イツキの書《か》いた「物語《ものがたり》」の力《ちから》によるものか。
それとも、あのおもちゃ屋《や》のおかげか。
ともかく、マナと妖魔《ようま》のけいやくは、無事《ぶじ》に解除《かいじょ》されたようだ。

あの直後《ちょくご》、マナの力《ちから》であやつられていた人《ひと》たちはすぐに我《われ》に返《かえ》った。
みんな、ここ数日間《すうじつかん》の記憶《きおく》をなくしている様子《ようす》だった。
それにともなう多少《たしょう》の混乱《こんらん》はあったものの――。
次《つぎ》の日《ひ》にはもう、学校《がっこう》はすっかり元《もと》の状態《じょうたい》へと戻《もど》っていった。
学校《がっこう》の関係者《かんけいしゃ》で、この事件《じけん》のことを覚《おぼ》えているのは……。
イツキとツグミ、そしてマナだけだった。

――その三人《さんにん》は今《いま》、商業《しょうぎょう》ビルが建《た》ち並《なら》ぶ中《なか》にある、空《あ》き地《ち》の前《まえ》にいる。

いや……もう一人《ひとり》、ハルトもだ。

「で、そのおもちゃ屋《や》ってのは、どこにあるんだ？」

ハルトは辺《あた》りを見回《みまわ》しながら、マナにたずねた。

彼《かれ》もまた、事件《じけん》の記憶《きおく》を失《うしな》っていたが、イツキは何《なに》があったのかを、ハルトにだけは伝《つた》えていた。

夏休《なつやす》みの時《とき》のように、彼《かれ》にだけ秘密《ひみつ》にしていたらまた怒《おこ》られそうだし、ハルトはイツキたちと同様《どうよう》、悪魔《あくま》についてすでに知《し》っている。教《おし》えても問題《もんだい》はないだろうと思《おも》ったのだ。

ハルトはイツキの話《はなし》に対《たい》し、すんなりと納得《なっとく》してくれたが……自分《じぶん》がマナのとりこになっていたことだけは、信《しん》じようとしなかった。

「おれがツグミさん以外《いがい》の女子《じょし》に、心《こころ》をうばわれるなんてありえない！」

……だ、そうだ。

まあ、本人《ほんにん》がそう思《おも》い込《こ》んでいるなら、それでいいか。

――マナはじっくりと周囲《しゅうい》を見《み》たあと、ハルトに視線《しせん》を戻《もど》して答《こた》えた。

「ごめんなさい。この辺《あた》りのはずなんだけど……どこにも見当《みあ》たらない」

「他《ほか》の場所《ばしょ》ってことはないのかしら？」

ツグミの問《と》いに対《たい》し、マナはゆっくりと首《くび》を横《よこ》にふる。

「この空《あ》き地《ち》まで来《き》て、帰《かえ》ろうとした時《とき》に見《み》つけたはずだから……おもちゃ屋《や》の窓《まど》からも、空《あ》き地《ち》が見《み》えていたし。だから……ここでまちがいない……と思《おも》う」

マナはこの辺《あた》りにあった、黒《くろ》い箱状《はこじょう》の外観《がいかん》をしたおもちゃ屋《や》であの羊《ひつじ》を見《み》つけたのだという。

だが、そんな建物《たてもの》はどこにも見当《みあ》たらなかった。

「――あ!」

マナがとつぜん、大《おお》きな声《こえ》をあげた。

「どうかしたの?」

イツキがたずねると、マナは遠《とお》くを歩《ある》いているスーツの男性《だんせい》を指《ゆび》さした。

「あの人《ひと》――あの弁護士《べんごし》さんが、私《わたし》にデウスを買《か》ってくれたの!」

マナ以外《いがい》の三人《さんにん》も、いっせいにその男性《だんせい》の方《ほう》を見《み》る。

「……おい、あれってさ、もしかして……」

「ええ……まちがいないわね」

ハルト、そしてツグミも、彼《かれ》が何者《なにもの》であるか気《き》づいたようだ。

……マナの件《けん》で大変《たいへん》だったこともあって、すっかり忘《わす》れていたが……。

そう、起《お》こっている問題《もんだい》は、もう一《ひと》つあったのだ。

「――間口《まぐち》さん」

弁護士《べんごし》に近《ちか》づいたイツキは、そう彼《かれ》に話《はな》しかけた。

ツグミたちも、イツキのすぐ後《うし》ろにいる。

「……おお、君《きみ》たちか。久《ひさ》しぶりだな。こんなところで会《あ》うとは、驚《おどろ》いたよ」

ふり返《かえ》った間口《まぐち》は平然《へいぜん》とそう言《い》ったが、その顔《かお》はどこかひきつっているようにも見《み》えた。

「ええ、ぼくも驚《おどろ》きましたよ――」

イツキはひと呼吸《こきゅう》置《お》いたあと、こう続《つづ》ける。

「――まさか、あなたがいまだにけいやくを解《かい》除《じょ》していないなんて、思《おも》ってもいませんでしたから」

その直後《ちょくご》、ツグミの背後《はいご》からトモゾウが飛《と》び

出《だ》し、間口《まぐち》の持《も》っているカバンに首《くび》をつっこんだ。

「おい、何《なに》をする！　人《ひと》のカバンを勝手《かって》に――」

「――見《み》つけたぞい」

トモゾウは一枚《いちまい》の旧一万円札《きゅういちまんえんさつ》をくわえながら、顔《かお》を出《だ》した。

「ホー」

お札《さつ》からミミズクの鳴《な》き声《ごえ》が聞《き》こえてくる。

「セイラム……貴様《きさま》もこりない奴《やつ》だな……」

イツキのランドセルの中《なか》から、マリーのあきれ声《ごえ》が聞《き》こえた。

「それを返《かえ》せ！」

間口《まぐち》はトモゾウのくわえているお札《さつ》をつかみ、それを取《と》り返《かえ》そうとした。

「――トモゾウ、いいわ。返《かえ》しても。どうせ、むりやりうばっても意味《いみ》ないし」

けいやくを解除《かいじょ》しない限《かぎ》り、どのようにしてもいずれ、セイラムは間口《まぐち》の元《もと》へ戻《もど》っていく。

トモゾウはツグミの命令《めいれい》に従《したが》い、お札《さつ》から口《くち》をはなした。

「間口《まぐち》さん……忘《わす》れたわけじゃないですよね？」

イツキは間口《まぐち》につめよる。

「悪魔《あくま》とけいやくしている者《もの》には、不幸《ふこう》が訪《おとず》れる――また、バイクにひかれますよ」

「……ハハハ。残念《ざんねん》ながら――そんなことにはならない！」

間口《まぐち》は自信《じしん》たっぷりに、そう言《い》い切《き》った。

「私《わたし》は見《み》つけたのさ！　不幸《ふこう》を回避《かいひ》する方法《ほうほう》をな！」

「え……!?」

「一日一回《いちにちいっかい》、他人《たにん》のために善行《ぜんこう》――何《なに》か良《よ》いことをするのだ！　そうやって徳《とく》を積《つ》めば、悪魔《あくま》による不幸《ふこう》は起《お》こらない！」

「……そう、セイラムが言《い》っていたんですか？」

「いや、うらない師《し》に相談《そうだん》して、そう助言《じょげん》をもらったのだ！」

うらない師《し》？

「それって――」

「マンションの同《おな》じ階《かい》に住《す》む、細山《ほそやま》さんだ！」

イツキはいったん間口《まぐち》のそばをはなれ、小声《こごえ》でマリーに話《はな》しかけた。

「あの、一応聞《いちおうき》くけどさ……間口《まぐち》さんの言《い》っていることって……」

「そんな都合《つごう》のいいことがあるわけないだろう。あの男《おとこ》、バカなのか？」

「……弁護士《べんごし》だから、頭《あたま》はいいはずなんだけどね……」

何《なに》はともあれ、このまま彼《かれ》を放《ほう》っておくわけにはいかない。

しかし、間口本人《まぐちほんにん》にけいやくを解除《かいじょ》する気《き》がなければ、イツキたちにはどうしようも――。

(……いや、待《ま》てよ……)

「書《か》き手《て》」の力《ちから》。

それって妖魔《ようま》だけじゃなく、悪魔《あくま》とけいやくしている相手《あいて》にも使《つか》えるのだろうか？

(まあ、たとえそうだとしても、今《いま》すぐは無理《むり》か……)

彼《かれ》に読《よ》ませるための、物語《ものがたり》を書《か》く必要《ひつよう》がある。

「イツキよ……あいつを助《たす》けるつもりなのか？」

マリーがたずねてきた。

「うん……まあ」

「あんな奴《やつ》のために、わざわざ物語《ものがたり》を書《か》いてやる必要《ひつよう》もないと思《おも》うがな、我《われ》は」

「でも、間口《まぐち》がセイラムのお金《かね》で得《とく》をするたびに、それを使《つか》われた相手《あいて》が損《そん》をすることになるよ。それに、これは――」

「なんだ？」

「――ううん、なんでもない」

これは、ぼくの「書《か》き手《て》」としての使命《しめい》。

そう言《い》いかけて、イツキはやめた。

なんだか少《すこ》し、気恥《きは》ずかしかったのだ。

18話《わ》

「……ふあぁ……」

キョウコは管理人室《かんりにんしつ》で、大《おお》きくあくびをした。

さほど大《おお》きくもなく、住人《じゅうにん》も少《すく》ないマンションだ。

掃除《そうじ》など一通《ひととお》りの仕事《しごと》をすませてしまえば、あとはこうして管理人室《かんりにんしつ》でぼうっとするくらいしか、やることもなかった。

(楽《らく》な仕事《しごと》ではあるんだけどね……)

ひまつぶし、というわけではないが、今日《きょう》はここに一人《ひとり》、客人《きゃくじん》を呼《よ》んでいる。

そろそろ約束《やくそく》の時間《じかん》なのだが——。

「ごめんください」

管理人室《かんりにんしつ》の窓《まど》ごしに、眼鏡《めがね》をかけた少女《しょうじょ》が顔《かお》をのぞかせた。

「お、時間《じかん》ぴったり」

「……こんにちは」

「せっかくの土曜日《どようび》なのにごめんなさいね。どうぞ、そこのドアから入《はい》ってきて」

イッキは無事《ぶじ》に「書《か》き手《て》」としての使命《しめい》を成《な》しとげたようだ。
事件《じけん》は解決《かいけつ》したが、キョウコにはまだ気《き》になることがいくつかあった。
そのため、葉月《はづき》マナから直接《ちょくせつ》、話《はなし》を聞《き》くことにしたのだ。

「はじめまして――で、良《よ》かったわよね？　葉月《はづき》マナさん」

きゅうすを手《て》に持《も》ちながら、キョウコはそうあいさつする。
にこやかなキョウコとは反対《はんたい》に、マナはとても気《き》まずそうな顔《かお》をしていた。

「あの……このたびは本当《ほんとう》に……申《もう》し訳《わけ》ありませんでした」

「なんであやまるの？」

「……イツキくんとか、他《ほか》の人《ひと》にも、いっぱい迷惑《めいわく》をかけて……」

「あまり気《き》に病《や》まないで。あなただって、妖魔《ようま》にあやつられていただけなんだから」

マナの前《まえ》にお茶《ちゃ》を出《だ》しながら、キョウコはそう言《い》った。

「……本当《ほんとう》に、そうだったのでしょうか」

「？」

「あやつられていた、というより……あっちの方《ほう》が、本当《ほんとう》の私《わたし》だったんじゃないかって……」

「……」

「私《わたし》はそもそも、自分《じぶん》から進《すす》んで妖魔《ようま》とけいやくしました。……あの羊《ひつじ》を見《み》つけたのは、偶然《ぐうぜん》でしたけど……」

「……」

キョウコはおせんべいを何枚《なんまい》か袋《ふくろ》から取《と》り出《だ》し、それを目《め》の前《まえ》の皿《さら》に並《なら》べる。

「マナちゃん。あなたは——どこで妖魔《ようま》の存在《そんざい》を知《し》ったのかしら？」

「……」

「答《こた》えにくい？」

「……」

マナは無言《むごん》でうつむいたままだった。

「——お母《かあ》さんから、聞《き》いたの？」

「！」

マナははっとして、顔《かお》をあげた。

「知《し》ってるんですか？　私《わたし》のお母《かあ》さんのこと」

「おととい、保護者名簿《ほごしゃめいぼ》で名前《なまえ》を確認《かくにん》したの。『葉月《はづき》』って苗字《みょうじ》、聞《き》き覚《おぼ》えがあってね。——中《ちゅう》学時代《がくじだい》の同級生《どうきゅうせい》なの。私《わたし》と、あなたのお母《かあ》さん」

「そう、でしたか……お母《かあ》さんから直接《ちょくせつ》、聞《き》いたわけじゃないんです。ただ……お母《かあ》さんが中学《ちゅうがく》生《せい》の時《とき》に巻《ま》き込《こ》まれたっていう『あの事件《じけん》』のこと――それを調《しら》べはじめたのが、きっかけで」

イツキも興味《きょうみ》を持《も》っていた「メータ脱走事件《だっそうじけん》」。

それには本当《ほんとう》に、キョウコは関《かか》わっていなかった。

おそらくはマナの母親《ははおや》も、同《おな》じだろう。

だが……それから数《すう》カ月後《げつご》。

新聞《しんぶん》にも本《ほん》にも載《の》っていない「別《べつ》の事件《じけん》」が、キョウコの通《かよ》っていた中学校《ちゅうがっこう》で起《お》きた。

それが、キョウコやマサキ、それにカヨコの――「クロックワーク・デーモン」との戦《たたか》いの、始《はじ》まりでもあった。

「じゃあ……『逢魔《おうま》が時《とき》』については？」

「――？　なんですか、それ？」

マナはきょとんとしている。

ウソをついているような感《かん》じではない。

（そこまで深《ふか》く、知《し》っているわけじゃないのか……）

本来《ほんらい》なら、百年《ひゃくねん》ごとにやってくるという「逢魔《おうま》が時《とき》」。

しかし前回《ぜんかい》のそれから、まだ二十年《にじゅうねん》ほどしかたっていない。

なのになぜ、再《ふたた》び「クロックワーク・デーモン」が現《あらわ》れたのか？

（カヨコさんもわからないようだったし……まあこの辺《あた》りは、兄《にい》さんに聞《き》いた方《ほう》が良《よ》さそうね）

予定通《よていどお》りなら、来週《らいしゅう》にはマサキも帰《かえ》ってくるはずだ。

「あの……私《わたし》からも聞《き》いて、いいですか？」

「何《なに》かしら？　マナちゃん」

「……イツキくんって、前《まえ》の学校《がっこう》でいじめられていたんですか？」

キョウコの眉間《みけん》に、しわが寄《よ》った。

「どこで、そんな話《はなし》を？」

「……ハルトくんが……イツキくんは『いじめ』の問題《もんだい》が原因《げんいん》で、転校《てんこう》することになったって
……イツキくんは、ちがうって言《い》ってましたけど」

（……なるほど。元凶《げんきょう》は兄《にい》さんね）

わが兄《あに》ながら、口《くち》が軽《かる》い。

キョウコは大《おお》きく、ため息《いき》をついた。

「……『いじめ』って一言《ひとこと》で言《い》っても、色々《いろいろ》あってね」

ゆっくりと、キョウコは話《はな》しはじめた。

「イツキの——前《まえ》の学校《がっこう》で起《お》きたのは、暴力《ぼうりょく》によるいじめじゃなかった。みんなで一人《ひとり》を無視《むし》したり、当番《とうばん》や係《かかり》の仕事《しごと》を押《お》し付《つ》けたり……ただ、いじめっ子《こ》の方《ほう》は、そんなつもりでしていたわけじゃなかったの。ただの『からかい半分《はんぶん》』『お遊《あそ》び』——そんな、軽《かる》い気持《きも》ちだったみたい」

「……」

「でも、やられている方《ほう》は、そんな風《ふう》には思《おも》えなかったのね。ある日《ひ》、いじめられていた子《こ》が、とつぜんクラスの一人《ひとり》にとびかかった。そのはずみで、窓《まど》ガラスが割《わ》れて……けが人《にん》が出《で》たことで、全《すべ》てが明《あか》るみになったわ。私《わたし》も学校《がっこう》に呼《よ》び出《だ》されて——まあ、大変《たいへん》だったわね」

「そうでしたか……」

「——マナちゃん」

キョウコはマナの手《て》をとった。

「イツキの……友達《ともだち》になってくれる？」

「……向《む》こうが、私《わたし》のこと、許《ゆる》してくれるかな？」

「大丈夫《だいじょうぶ》よ、きっと、ね。……でも、もしあの子《こ》が、あなたに対《たい》して何《なに》かひどいことをするようなら……その時《とき》はえんりょなく、私《わたし》に相談《そうだん》して」

「はい……わかりました」

一通《ひととお》りの話《はなし》を終《お》え、帰《かえ》ろうとしているマナをキョウコが呼《よ》び止《と》めた。

「あ、ちょっと待《ま》って、マナちゃん」

「？」

「もう一《ひと》つだけ、聞《き》きたいことがあったの」

「なんでしょう？」

「イツキに書《か》いてもらったっていう物語《ものがたり》——まだ、持《も》ってる？」

「……はい」

マナはそう答《こた》え、小《ちい》さなお守《まも》りを取《と》り出《だ》した。

「この中《なか》に、入《い》れてあります」

「そう……親《おや》としては、息子《むすこ》が書《か》いたっていう物語《ものがたり》の内容《ないよう》も気《き》になるところだけど」

しかしマナは、笑《わら》いながらこう答《こた》えた。

「フフ……それは、秘密《ひみつ》です」

「あら、どうして？」

「この物語《ものがたり》は——イツキくんが私《わたし》だけのために、書《か》いてくれたものだから」

「……そうね」

キョウコは穏《おだ》やかに笑《わら》い返《かえ》し、そのあと、少《すこ》しだけ目《め》を細《ほそ》めた。

「でもさ……そのお守《まも》り……『縁結《えんむす》び』って、書《か》いてあるわよね？」

「!!」

マナの顔《かお》がものすごいスピードで赤《あか》くなる。

「あ、あの、これは、その、たまたま、家《いえ》に、これしかなくて……」

「ほーう、そうですかー♪」

「……そ、それじゃ、さようなら！」

逃《に》げるように走《はし》り去《さ》るマナの背中《せなか》を、キョウコはにやけながら見送《みおく》った。


——マナが帰《かえ》ったあと、キョウコはまた、大《おお》きくため息《いき》をついた。

（……どうしようもない大人《おとな》ね、私《わたし》って）

あの子《こ》が勘違《かんちが》いしているのをいいことに、ウソをついた。

（――いえ、ウソってわけじゃない……でも、同《おな》じようなものか）

キョウコは、前《まえ》の学校《がっこう》の職員室《しょくいんしつ》に呼《よ》び出《だ》された時《とき》のことを、思《おも》い返《かえ》していた。

――土下座《どげざ》をする、自分《じぶん》――。

――その頭《あたま》の上《うえ》から、聞《き》こえてくる――。

――いじめられていた子《こ》の母親《ははおや》からの、どなり声《ごえ》――。


キョウコは秘密《ひみつ》の書庫《しょこ》に向《む》かった。

鍵《かぎ》を開《あ》け、中《なか》に入《はい》る。

「あら、ごきげんよう」

出《で》むかえたのは、ラハブだ。

ジルも無言《むごん》でこちらを見《み》ている。

ウラドはすやすやと、寝息《ねいき》を立《た》てていた。

「キョウコ……少《すこ》し、落《お》ち込《こ》んでいるようですね」

「……昔《むかし》みたいに、また、私《わたし》の弱音《よわね》を聞《き》いたりしてくれる？　ラハブ」

「ええ、喜《よろこ》んで――でも、その前《まえ》に一《ひと》つ、あなたにあやまっておきたいことがありました」

「？」

「私《わたし》が『物語《ものがたり》』を認《みと》めなかったことで……イッキには余計《よけい》な苦労《くろう》をさせているようです」

「でも、それは――」

キョウコには、その理由《りゆう》がわかっていた。

「――あなたがイッキを『書《か》き手《て》』にしたくなかったから、でしょ？」

「……ええ。母親《ははおや》の――あなたの許可《きょか》を、得《え》ていないようでしたから」

「さすが、親心《おやごころ》ってものをわかってるわね、ラハブ。それにひきかえ……兄《にい》さんったら」

「フフフ、ぐちくらいならいくらでも聞《き》きますよ。悪魔《あくま》には時間《じかん》がたっぷりあるのですから」

ジルがわざとらしく、あくびのしぐさをする。

「では、我《われ》もひとねむりするとしようか。女同士《おんなどうし》の会合《かいごう》をじゃましたくはないのでな」

そう言《い》ってゆっくりとジルは、床《ゆか》に寝《ね》そべった。


時代《じだい》をこえ、物語《ものがたり》は続《つづ》いていく。

それは「書《か》き手《て》」の数《かず》だけ、存在《そんざい》する。

たとえ、同《おな》じ物語《ものがたり》であっても――。

「書《か》き手《て》」がちがえば、内容《ないよう》も変《か》わる。
人《ひと》にはそれぞれ、見《み》えている景色《けしき》がちがうのだから。

PHPジュニアノベル　も-1-2

●著／mothy_悪ノP（モッチー・アクノピー）
ボカロP、作家。ストーリー性の強い“物語音楽”を得意とし、「七つの大罪」シリーズと呼ばれるボカロ楽曲群は、それぞれが繋がりのある壮大な世界観を形成している。2010年8月に楽曲の語られざる物語を執筆した小説『悪ノ娘　黄のクロアテュール』で作家デビュー。本シリーズは『悪ノ娘』『悪ノ大罪』シリーズとして全12巻を発刊、2017年秋に完結を迎えた。ノベルのほかにも楽曲制作、漫画原作の執筆などマルチな活躍を見せている。

●装丁イラスト・キャラクターデザイン／柚希きひろ（ゆずき・きひろ）
漫画家、イラストレーター。漫画やゲーム、雑誌、単行本などで活躍。おもな作品に「劇部ですから！」シリーズ（池田美代子 著／講談社青い鳥文庫）、『赤毛のアン』『アルプスの少女ハイジ』（以上、学研プラス）などがある。本書では、装丁イラストのほか、イツキ、ハルト、ツグミ、マサキ、マリーのキャラクターデザインを手掛けている。

●挿絵イラスト・キャラクターデザイン／△○□×（みわしいば）
イラストレーター、漫画家、作家。自作のフリーホラーゲーム「Alice mare（アリスメア）」のノベライズ版を自ら執筆し、作家デビューを果たす。その後も数々のフリーゲームを制作・公開し、そのいずれもがノベライズ版が発売されているほか、オリジナルコミック『ノットイーヴィル！』（PHP研究所）を発表するなど、活動の幅を広げている。本書では、挿絵イラストのほか、マリー以外の紙の悪魔たちや、葉月マナのキャラクターデザインを手掛けている。

●デザイン
株式会社サンプラント

●組版
株式会社RUHIA

●プロデュース
小野くるみ（PHP研究所）

悪《あく》ノ物語《ものがたり》　黄昏《たそがれ》の悪魔《あくま》と偽物《にせもの》の女王《じょおう》

2018年7月23日　第1版第1刷発行

著　者　mothy_悪ノP
イラスト　柚希きひろ、△○□×（みわしいば）
発行者　瀬津　要
発行所　株式会社PHP研究所
東京本部　〒135-8137　江東区豊洲5-6-52
児童書出版部　TEL 03-3520-9635（編集）
児童書普及部　TEL 03-3520-9634（販売）
京都本部　〒601-8411　京都市南区西九条北ノ内町11
PHP INTERFACE　https://www.php.co.jp/
印刷所・製本所　図書印刷株式会社

ISBN978-4-569-78780-0

NDC913　191P　18cm